慢·笔

苏 忠／文
李新永／书
林家卫／画

四川人民出版社

图书在版编目（CIP）数据

慢笔 / 苏忠著. —— 成都：四川人民出版社，2025.

1. —— ISBN 978-7-220-13943-7

Ⅰ. I227.6

中国国家版本馆 CIP 数据核字第 20243LS862 号

MAN BI

慢 笔

苏忠　著

责任编辑	王　雪
装帧设计	张　妮
责任校对	蓝　海
责任印制	祝　健
出版发行	四川人民出版社（成都三色路 238 号）
网　址	http://www.scpph.com
E-mail	scrmcbs@sina.com
新浪微博	@四川人民出版社
微信公众号	四川人民出版社
发行部业务电话	（028）86361653　86361656
防盗版举报电话	（028）86361653
照　排	四川胜翔数码印务设计有限公司
印　刷	四川华龙印务有限公司
成品尺寸	148mm×210mm
印　张	6.75
字　数	171 千
版　次	2025 年 1 月第 1 版
印　次	2025 年 1 月第 1 次印刷
书　号	ISBN 978-7-220-13943-7
定　价	48.00 元

苏忠

作家、诗人，中国作家协会会员、中国散文学会会员，出版长篇小说 1 部、随笔集 2 部、诗集 4 部、散文诗集 1 部。作品发表于《诗刊》《十月》《花城》《人民文学》《作家》《中国作家》《北京文学》《山花》《芒种》，以及《文艺报》《中国艺术报》《人民日报》《光明日报》等，部分作品多次入选年度选本。

林家卫

著名雕塑家，国画家，中国美术家协会会员、游乐中国学会主席、中国工艺美术学会雕塑委员会会员、中卫世艺（北京）国际文化发展有限公司董事长。出版有作品集《家卫心语》《每日一示》等著作，雕塑代表作有《建设者》《铁骨狂飙》等，八次在全国性比赛、年展中获奖。

李新永

纪晓岚研究专家，北京书法家协会会员、中华印社社长、中国国家民俗协会副会长、中国秦文化研究会艺文委员会主任、中国语言大学客座教授、中华诗词学会会员、汉学研究所特邀研究员、中国收藏家协会会员、北京纪晓岚纪念馆馆长、阅微草堂书画社执行院长。

现实的底色与想象的远方
——论苏忠的散文诗

/ 刘波

苏忠的散文诗，在语言创造和人生感悟之间，寻求的是诗的自由灵动与散文的形神兼备，而在很多人读来，或许正是某一句话、某一段文字，能触动内心的共鸣，继而能感同身受。苏忠写过散文，也钟情于诗，对这两种文体，他都尝试着追求一种游刃有余的从容之境。而现在写散文诗，对他来说，好像也是反观人生的顺其自然了。他在自己的语言世界里激活精彩的思想，又在自己的思想世界里捕捉修辞的高妙，这种文学与精神的互动，弥漫在其字里行间，生动，真挚，且意味深长。《慢笔》几乎就是苏忠对人生的感念与领悟，他追求的是一种慢的生活，慢的境界，舒缓而悠长。我能想象到他在写下每篇散文诗的那一刻，与它们会心地相视一笑，如同雅俗契合于世界的瞬间，我们可从中体味诸多美好与善意，那是文字带来的感动，也是"为人生而写作"的自然诉求。

一

对于苏忠的写作，我是一个持续的阅读者和追踪者。我与苏忠在现实中接触不多，更多时候，我是通过文字走近他这个人，并以此体察他的真性情，还原他的真面貌。他基本上不掩饰自己内心的矛盾与

慢笔

分裂，因此，用情至深处，皆带着冲突感，那些刻有其灵魂印迹的文字，都是呕心沥血之作。貌似随手拈来的心得，我们看起来可能觉得简单轻易，殊不知，那里面所蕴藏的智慧和玄机，皆是他长久的日常历练所得，是他在人世经验的铺垫中转化生活的结晶。

当然，很多人看苏忠的散文诗，可能第一印象是他下笔温和谐调，禅意笃定，几无撕扯，这是一种假象吗？他还是有着自己内在的幽暗，但这种感觉微妙神秘，如不细察，难窥深刻之意。也就是说，虽然很多时候他直白其心，寻求个人精神与自然世界之间的那条秘密通道，这是明晰的，不遮掩的，可他分明又很节制，注重情绪的把控，不让书写过于浪漫化和激情化。以此来看，他究竟是在封闭自己，还是在解放自己？当我们认定他是在解放自己时，其实他又是在将那条放出去的风筝线往回收，不让它飘得太高太远，以至于杳无踪影。苏忠的这种"退守"，并非完全地向古典回归，这也与他的个性和气质有关。敏感会促使他向内转，而向自我的内心探寻写作真理，这是有难度的，不仅是形式和修辞上的难度，更是精神与思想上的难度。但对此，他终究还是通过文字来表达和呈现，而文字作为载体，它承受并支撑着作者几乎全部的思维重心，相应地，他在文字上的用力也就不言而喻了。

在我看来，苏忠散文诗的魅性，或许首先还是在于他的文采和修辞——这种语言创造，甚至可能就是他写作的主要动力。至于情感宣泄、精神释放和思想言说，则都是在文字创造前提下的自然延伸与拓展，它们作为某种终极目标，其在语言转换中通达的文学之道，更显自然与率真。这或许就是苏忠经营自己文学王国的理念，他要在繁杂的事务性工作中觅得一份雅致，靠近文学也就最符合他自身的气质。于是，他寄情山水，有时也将自身托付给心灵的私语，"把夜色抬一点，再高一点，许多童年，就溜了进来。"（《剪月》）由自然到内心，从现实到记忆，这种转换就在方寸之间，连过渡也显得顺理成章。在这种简短的起承转合里，他写出了一种绵密的味道，好像诗意就在那将说未说的一刹那，此乃他注重留白的结果，因为这样不至于让表达那么满溢，真正的意蕴也就暗藏在那些留白里，它可抵达心灵的高地。

在呈现意蕴处留白，可能是散文诗与散文最大的区别之一。它还在逻辑与反逻辑、阐释和拒绝阐释、清晰与混沌的博弈中追求一种飞扬之感。它可能是轻逸的，生动的，但带着生命感的书写终究会沉下去，以经受岁月的淘洗和时间的检验。苏忠虽然注重散文诗留白的技巧，但定是基于现实经验的提炼。比如，午睡起来，半梦半醒之间，最易得佳句，"想起来，越走越远的路途，遇见的行人都说迷茫，上山也好，下山也罢，一生中走神的时间居然占多数。没有人担心酒后的舌头打结，似是而非是真实的存在，亢奋或亲热都是伪命题。那些越走越昂首的人基本不低头看路，清醒地面对迷茫终究还是迷茫。"这是否陷入了一种人生的悖论？在这样的审视里，生活也出示了它的真理。"吐与纳，醒来或睡去，大概与生死的样子没什么区别。只有黑夜与黑夜的夹缝地带，梦徒步在梦中的灵魂与肉体，才和人间的是非曲直无关联，这大概是迷茫的真实存在模样。"（《迷茫时分》）这可能是梦醒时分的经验表述，那灵光一闪的只言片语，看似生活的偶得，实为长久感悟与切身体验的灵魂独白。

对于苏忠的散文诗，我们初读可能会觉得是他冥想而得，其实多取材于自然，这是生活给他的馈赠，也是他追求的写作之大道。冥想只是一种途径，可苏忠的方式更宽泛，他要让自己的文字既符合内心的真实感受，又必须能够直面现实的验证，这才可让文字经得起不断阅读与转化，以保证其恒久价值。

二

　　苏忠的散文诗，从旨趣上来看，其实更偏向于诗本身，而他的诗又无限靠近生活和经验的内核，这是一种自我循环的创造。就像里尔克所言，"诗是经验"，他真正指出了诗的本质。确实，一首诗的成立，最终还是依靠经验的支撑，它不完全凭借天马行空的想象，否则，一旦抽掉那些华丽的修辞与炫技，可能就只剩下一堆语言的残渣。仅凭想象，对于青年写作者而言是一条进入文学的路径，但如果延伸到持续性写作上，唯有经验和想象双重的合力，方可让诗获得丰富的可能。

　　人生经验的丰富与诗的丰富不一定成正比，但经验是诗的核心，当一个人向诗寻求精神安慰时，其实是在调解语言和生活之间的冲突，可调解的当属散文，不可调解的，则成了诗，诗意与张力就在这样一种冲突中产生。苏忠的散文诗，或许就在那可调解与不可调解之间，一种犹疑，一种徘徊，一种悬置，它们构成了诗人精神世界里的特殊存在。当然，针对这些体验，苏忠有时也是在尝试，并以有感而发的事实助力了诗性的生成。"出行之前，心思在攻略里辗转。行囊里塞满了景物，掌故，和野史。那时心已在路上，充满了陌生的恍喜，惊艳。虽然窗外光影憧憧，人还在原点，只是盼着出发。"他看似简化了生活的烦琐程序，其实是将诸多感悟渗透在了"无声胜有声"的意味里，而留下的，皆为体验中的点滴心思。"逐山逐水，进或出，一程无心，有单据，眼耳鼻舌身意——印证着行程详略，青山绿水都有多余翅膀可飞翔。一个人习惯了流动的感怀，疙瘩，放松，与闪回，与虚拟意境。在夜里，却把回家的念头踯躅。"（《逐山逐水，一程无心》）这短句子里的超然之思，都是他对生活的回应，里面既有诗的形式，又带着散文的逻辑，一如他将自己放逐在旷野，接受自然的重塑。

　　有人说，散文诗更接近语言的心灵鸡汤。我并不完全否认这种说法，如果说诗太雅，散文太俗，而如何在两者之间寻找到一种平衡，让人可以轻松地阅读和接受？其实，散文诗是最合适不过的文体了。它有自己的市场与读者群，在此意义上，诗人也就是在为作者和读者的精神遇合找一处可停靠的港湾。相对来说，苏忠的散文诗是趋于平和宁静的，他不求多么跌宕起伏，也未过多作自我设限，总之，他是在一种爱之心性的召唤下，节制地探讨此在与彼岸的景观。我特别共鸣于他对自己北漂生活至为形象的感喟："十三年前，东海之东，霞光满天里，刮来了一阵南风，风中隐约传闻，说是五行算来命里火大，须向北。才一眨眼工夫，几个水漂，话音就不见了。于是我放下故乡，收拾起自己，一路跋山涉水。"这是一路向北的理由，寥寥数语，即道明人生的选择和变化。"那么倏忽，最坚硬的骨头与最柔软的血肉，我才看见它们在时光里的彼此走近，才看到水落石出后的喉结的渴望，鬓角的白发就一路举起投降的旗帜，连回首时的惊诧都在水漂里一一走失。后来，终是打听到了，当年的那阵风，那片海，不过伸出翅膀，闪进了意念，快得连意念也察觉不了。"（《北漂十三年》）诗人感慨时光的流逝与岁月的无情，这可能是再普通不过的情感抒发了。然而，苏忠使用的方式，并非一味地抱怨，而是诉诸一种自我解压式的理解，这不是要刻意去迎合生活，他恰恰在与生活保持距离的同时，给自己营造了一片反思的空间。

　　一个人如果还有回首往事的动力，那他应不会太拘囿于俗世的诱惑，至少他知道如何去寻找宽容的切入点。苏忠在回忆中丰富自己的人生，有一种当下的、即时的超越感。我总觉得那是他的思想依靠，是他的精神救赎。"人一孤独，就落单了，也就轻了。"（《踏浪者》）这是他借写作所维护的一种内在修养，不管是隐喻也好，追问也罢，他是在人生的加减法里力图寻找那些远方的答案。

三

之前，我一直疑惑苏忠何以能在文学这条道上如此执着，现在看来，这或许源于他的个人气质与真性情，还可能源于他生活里某种潜在的孤独感。所以，他必须通过这种与自我心灵对话的方式，来完成对现实的抵抗。现实的旅途中并不都是快乐时光，更多的低迷其实预示着某种艰难，就像他不断地超脱于形而下的纠葛，却又不得不一次次回到地面，以那种飞蛾扑火般的姿态来面对上升飘扬的时代美学。

苏忠可能就是在上下交替的转换中试图靠近自己的内心，而灵感就是经验的触动，情绪不过是起到了凝聚力量的作用。在这样一种背景下，苏忠散文诗的底色仍然是基于对现实的提纯，这里有精神的推演，还有对人生困惑的自我拷问。当那些散落在世间的命运碎片被诗人一一拼凑时，它们组合而成的并不是人生的防火墙，而是一条伸向更广阔视野的通道。在《慢笔》中，他一直处于行走的途中，无论是大的地理位移（从南到北的漂泊），还是小的空间置换（在城市内部的游走），似乎都带上了移步换景的印迹。以此观之，苏忠的散文诗，也可以说是他"在路上"的省思和感悟，其中有叙事，有抒情，有议论，有见闻记录，有人生慨叹，也有哲学思索。人生之花原来可以在这样的记录与创造中，获得它如此精彩的绽放。

——我愿意在这样多元的对照中走进苏忠的散文诗世界。他首先以文字美感引领我们去探索感悟背后的深意，这种美感很大程度上在于他气场上的古典性，体现在文字上，则简短、干净，于整体美学的架构里又留下了无限的韵味。"从南到北，又从北到南，见过了非典，见过了沙尘暴，见过了雾霾，见过了巨型风暴，一路上有人同行，有人走丢了，有人近了却远了，有人见了是为了从此不见。"（《繁花问》）他由一路行走和观看的经历，联想到了人与人之间的关系，无论是亲近还是疏离，乃至于最后的消失，似乎都是命定的结局。这是苏忠的感叹，它联结着人生的悲剧性，可就是这种残酷的现实，在文学上被赋予魅力。苏忠散文诗里那份淡淡的忧郁，可能与他的气质和趣味相关，这很大程度上还在于他对传统的拥抱，深沉的，低姿态的，仿佛来自另一个"慢"的世界。

唯其慢，苏忠才在那些看似随意的情感流露中坚守着一种意志，这种意志是命定的力量，或许它们早就存在于那里，只等着诗人去认领，去体验，去感化。以这种标准来衡量，他的散文诗不是那种跌宕起伏的喧闹之作，他追求的是一种禅意的内敛与安宁。"当世界惊涛骇浪时，我走回内心，说禅是一枝花，其实只是走出四季，在永恒里苍茫地燃。"（《说禅》）仅就如此表述而言，这简洁之语里竟暗藏多少内心苦涩，才会让诗人淡然地对待这些集体记忆？此必为有经历之人的言说，才可于那散淡的表达里容纳一生的思索。我觉得，苏忠散文诗虽呈碎片化（这甚至是无可避免的），但有其天然的寓言性，因此，碎片于他也就成了匠心独运的标志。"锋刃下，禅是蛇，百炼成钢绕指柔，微凉；莲花里，劈开合十，蛇信汹汹，见性；吐与纳，浮屠塔高，蛇悠游，绝尘；涉水处，蛇珠如月，有风铃，无心。"（《说禅》）这样的笔触，一方面落实了佛禅精神；另一方面，又不乏语言的韵味，它们汇集一处，恰似贯穿起诗人对传统的理解，此乃会心之论，亦是入心之作。

虽带唯美之意，但苏忠并非沉迷于追求辞赋的华丽，他其实更注重

慢笔

内在的精神阐发，而且这精神阐发是有所指的，甚至是及物的，不是空对空的语言能指的滑动。他是在一点一滴的人生细节中领悟和提炼，终酿成这些精短的文字，既有着真诚的底色，也不乏灿烂的光晕。"这些年来，皱纹与白发此起彼伏，阴雨天多走几步就心虚，骨骼里的痛风，落叶像梦中的耳光。依然遇见那孩子，他咚咚走着，有一阵风，把眼神吹得像手势，说该回家了。"（《或转身》）在苏忠的散文诗里，我尤其钟情于那些举重若轻的部分，它们不是单纯的叙事，也没有高昂的抒情或说教，而是在叙事和抒情的交织中抵达一种诗性丰盈的维度。

从这个层面上看，那些有着生命之重的人间碎笔，好像并不一定是那些洞明世事和洞若观火者所能求得的文字，因为太清醒的人，虽能看穿一切，但只可写铺叙的散文，难免会缺少美学上的灵动感；诗，还是需要有一点拙，有一点纯粹，只有存一丝敬畏，才可更接近富有命运感的存在。苏忠的散文诗写作，或许就是在这样一条路上不断地向远方拓展、延伸……

（刘波，诗歌评论家，三峡大学文学与传媒学院副教授、硕士生导师，南开大学文学博士，北京师范大学博士后。）

目 录

慢笔

慢笔

辑一 菩提

似乎弥勒佛

南瓜花开，日子善良且肉体明媚。路途是空心的，胖胖的孩子，笑声是小心翼翼的蕊，在虚里开。

孩子落发，去了寺里，在前台。进出的善男子们都记得，孩子的笑声是一爪南瓜花开，风一吹就叮当响，春风也抽穗。

阳光大团落在山里外，南瓜花和寺院都在晒。孩子藏了很多，在布袋里，看见的人们都说在皮囊中。

没有一种笑声不弯曲。

南瓜花开，日子谢了又发，胖胖的孩子也老了，花依旧笑，胖胖的阳光眯着眼，在寺院的斜对面，隔几步昏睡的影子。

老去的孩子把用过的日子往虚里掷，手边都新的。

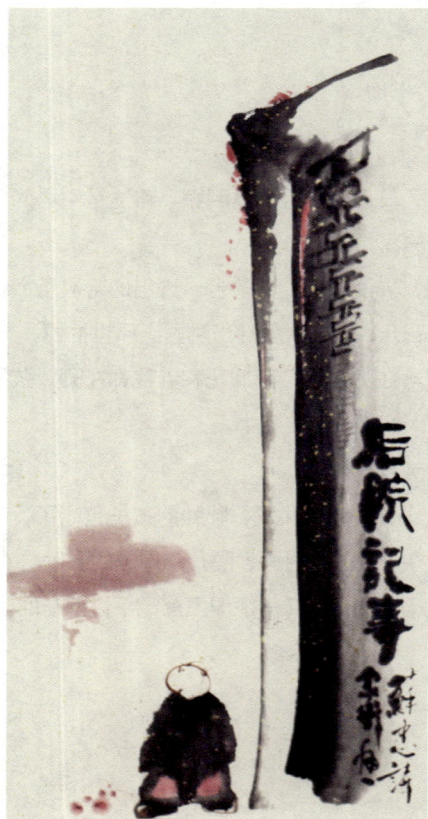

后院记事

后院记事

后院，显然是凹凸的寂静，只有池塘里的几尾鱼，在丁香花的倒影里外磨刀，无声。

偶尔，云朵弯腰到水面，几个口渴的孩子在舀水。午睡的僧人刚刚醒来，鱼儿的尾巴老半天也没惊起什么。

寂静是经书里的苔痕。

此时，鱼儿明显是努力的，似乎对花的缠绕倦了，前前后后的潜泳，有时也在白云之上。

花瓣三两滑落，溅起潮湿的涟漪，与明亮的泡沫。

僧人一言不发，绕着围墙走了几圈，像根鱼骨头般兀自消失了。

一点一滴，暮色渐渐泄漏在池塘里。

星光落下了

　　寺院的后门，没有罗汉金刚，莲花合十，藏经阁里反反复复压着一页页微言奥义。此时星光坐北朝南，草木埋头，乌鹊无声，一些蚂蚁进进出出。

　　空空而进，满载而出，蚂蚁是夜里的醒者，抬着一些残渣，一些头陀们的心思，一些菩萨们的闲情，星光般的小颗粒。

　　安静的门外，两三石阶。

　　溅起的萤火。

苦行僧

坐在芦蒿里的废寺，是被黜逐的王，宽袍大袖，蓬头垢面，乱发如草。

柱础，瓦当，滴水，窗棂，砖雕，碎砾，三三两两的残垣，撑着日暮几分。

一只石兽，踏过厚厚的夕照，在寂静中回首。

石阶里外，山门前后，挂着时光彼此，都望不到边。

黜逐的王，突然眼神明亮，犹如灰烬里的菩萨，断头里笑。

积尘重重的天空，裂开。

落霞纷纷，推远了层峦叠翠。

岸边的芦蒿，在风中渐行渐淡，是一群驼背的苦行僧的背影。

无　非

四周都是海水，白花花的浪。

一座岛的孤单。

目光的聚焦，在水平线上，无非除了岛还是岛。

其实在岛的视线中，海水只是岛的柔情时分；而岛在海水的眼神里，只是一句结巴的问候。

此时此刻，镜头渐渐撤后，海水也就结结巴巴。

海里搁不下的，就摺云中吧。

多几片天空就好。

莲花开

路的头，树木森森，山寺在眼前了。

树荫湿漉漉贴在地面，所指都很抽象，只是些浓淡线条。所谓前行一步，影子也就退一步，再向前，再退而已。

群峰环抱的山寺，在雨后，空无一人。

乌云磨平了山巅。

我踩着呼吸，踏着起心动念。

莲花开，莲花开。

无数过往，不知不觉挤满了廊前阁后，像雨水的光芒，一束束。

都望着我。

背面，有树荫数行，覆过湿漉漉的脚印。

安静地站在眼前，不言语。

慢
笔

心　经

　　雪山，刚刚搁浅在乱石滩上，骤雨新停，翅膀明暗，一径枯草挑着水滴，有春夏秋冬平滑如镜，时岁冉冉身后，经幡慈悲，鸟雀淡然，马蹄无心，诸般人事皆好，此生嗔喜尚无。

　　此时天初洗，云中，山未转，路未回，此刻万物阴晴不定，物我两俯仰。

　　雪初融，深深浅浅，在阴影庞大的另一侧。

圆　觉

　　据说松涛是禅者的衣袍，所以四季不褪，踩着清风，径直走在悬崖边，掸云雾，咬定青山，睥睨水瀑，呼啸，读《六祖坛经》，使天网恢恢。

　　有雪的时候，习惯让身边的植物，净身，屏息，自己披头散发，携拂尘，卷残烟，抱雪而眠。让来去匆匆的，初阳或残月，都步履迟疑……

慢笔

歡喜自在菩薩

薛蘇東坡詩

永衛畫

观自在菩萨

她垂下眼帘，望着内心。她微笑，一花在指，或江山如画，或四时流转。所谓三生三世，只是衣袖上的深浅皱褶，只是时序里的灰尘，在飘落。

望尽灵魂，它的落寞与虚无，都是座下的莲花，可有可无，世界弹指可破，透明而宁静。无上菩提，大慈大悲，朝代里来来往往的人群，一花一叶一生死。

所以爱上人间，苦难或欢喜，泅渡漫长内心与黑夜，替年轮和山河挑悬一抹微笑。

慢
笔

朝阳的背影

山石或高耸，或栈道连连，溪水与野花，或人前后，或聚或散，都还在，把投影起伏。

寺庙，就要近了。晨钟暮鼓，贴在雾蒙蒙的山中，像一对白内障。铙钹，把心敲回，那些涟漪，如香火，虔诚地燃，在佛前，目中无世人。

朝阳刚刚上岸。

花，晃着晃着，终是落了，一条生命线，如此倏忽，见不得光，在梦中醒来的那一截。

也有黄叶跌落天空，有几枚，成了晨曦。

在寺庙里，一页一页的许愿。

黑压压的魂啊，排队，守候着。

有人下山，裸足，在山前寺后。

山谷也就渐渐轻了。

那些徘徊寺里的鞋印，再繁杂，也可忽略不计。

朝阳的背影，水中的返照，一程接着一程。

慢笔

不动如山

　　弥勒佛盘膝敞胸微笑，把尘埃溅起。观音菩萨藕步丝连，弹指滴水江山朵朵。如来佛宝相威严，拥世尊苍茫让前世今生从缘星宿。罗汉或金刚镇定威武，不言不动时俗称如山。

　　在城里大殿，在山间小寺。我与佛的凝视，在晴雨天，在江湖远近，也会恍惚，也会心虚。

　　也会水从天降雷从身绕，佛不动。若起心动念，莲花座下的兽与人，就会在电闪中击掌。

慢笔

说　禅

当世界惊涛骇浪时，我走回内心，说禅是一枝花，其实只是走出四季，在永恒里苍茫地燃。

当所有的故事都成了往事，能在如水光阴里溅起浪花的，都是佛祖手中的菩提子。在人间，这些浮起的面目通称鹅卵石。

禅是雨天行走的菩萨，走回寺庙的脚印都被冲走了，他在树下等天晴，他迷茫却宽慰路人。

禅指向寂静的内心，禅棒喝走散的自我，禅风尘仆仆往返于三生三世，禅的笑声是鹤顶红。

锋刃下，禅是蛇，百炼成钢绕指柔，微凉；莲花里，劈开合十，蛇信汹汹，见性；吐与纳，浮屠塔高，蛇悠游，绝尘；涉水处，蛇珠如月，有风铃，无心。

慢笔

辑二 钟鼓

灰尘里的一根针

灰尘里的一根针

　　老来老去，连时间的模样都忘了。灰尘里的一根针，站立都难。何况年过三十之后，就不太愿意记着岁数了。觉得不记得就有空白。在空白里，可以只喝酒，赏花，驴行，在岸上看看流水的虚。反正时光有钟表拨弄，地大物博是很多人都有份，草草旅途可以贴各种标签。可一晃眼，就过了四十。时间就这么不经花。花光很多时间的人，白发像一堆枯草，插在头上，在风里摇，像酒肆的幌子。有人轻轻咳嗽，晃落窗纸的灰尘。才看到，我爱过的青山也老了，我路过的秋天也看不清年轮了，我说过的那些话，在水里浮浮沉沉总上不了船。而船在行。那些年的夕阳啊，是个木讷的纤夫，拉着很多气象在走。灰尘里的一根针，也跟着，只是有斑斑反光，一点点的，往后挪。

夜 空

　　酒后的北京，是乌鸦拍打过的夜空，在光影里，在觥筹中，映照我的鬓毛，悄悄爬上的白发，一把把安静的剑，离鞘。当日子投我以阴冷暗箭，我挥之以明亮白刃。也可以返身挑破月亮，让月光脓水般流，漫天地叫。无人随行，无叹息可叹息。苍凉的一生啊，需要泅渡无数繁华无数淤泥，你才能看见苍凉。无休止的旋转门，没有特定的停与留。你进去了，就是你。你出来了，也是你。当夜色漫过北京，当街灯熄灭街树，依然有高楼林立在抒情。你不爱听的抒情，里面有许多人的梦想在流放，里面有许多人的清醒在皈依。在立交桥上，你回去的路，得认得，得上去，得下来，得穿越酒后的四环和五环，穿越汹涌的白发，足够多的黑暗，你酒后的北京，夜风把孤独吹来了一阵又一阵，你都认得的脸庞，冷的，热的，你阴晴不定的目光，在北京的高地上，仗剑，俯瞰着疤痕般的夜空。

慢笔

离开的水的陆码头

离开的水陆码头

　　离开，逆风里没有一种存在不离开。存在是一种虚妄，离开是一种常态。离开时，也大碗喝酒，也促膝谈心，也抱拳说了些遗憾的无奈的话，感叹了些没有做来不及做的事，怀念了些人还怀念了些不该怀念的人。那只是说给自己听而已，已经没有人还在意，已经没有任何事会因此改变。你都要往前走，天下的卒子是没有回头路，路边的枯荣青黄于你是一种偶然。你现在的感叹只是现在的你，你所感叹的已在路上。有很多，许许多多。你的身后，还有无数的你要紧跟过来。现在的你，只是无数奔跑中的你的一页，由无数的你的影像拼接而成。高高的天宇下，鞭子的声音远近回响，一朵朵白云的低眉。你的五颜六色，只是把所有疤痕剥下来；你一生的努力，只是堆砌五光十色的伤口。喜剧也好，悲剧也好，不喜不悲也好。快也罢，慢也罢，不快不慢也罢，你都得跟上脚步。你坐下了，你躺下了，后面的你会踩过。你会疼，会惊悸，会大口喊出声。不要留恋，此岸，或彼岸，都是为送别而站立的水陆码头。离开，你的泪光点点，是感叹号，或省略号，把存在一一擦拭。

孤
城的
城苏

京华
憔悴
华收
笔

孤苏城的城

　　酒喝醉的时候，月亮翻了下镜子，确定山冈如常，河床平缓，想来是孤苏城晃了。在人世的正对面，月光车辂辘般倒流。孤苏城是有点晃了，也就是醉了，却唠唠叨叨说了许多清醒的话儿。寒冷的鹅卵石路上，孤苏城他是往回走，乱草杂树都让道，一扇一扇的门，风云都吱吱响。从北到南，他不是回家，驿站里没有路标，他是把孤苏城丢了，步履也就轻了，他埋葬孤苏城的痛，他埋葬孤苏城的爱，他拔掉孤苏城从小种下的那棵树，那棵立定脚跟一辈子向天生长的树。他也想呐喊啊！他拔掉自己的根，他继续浪迹天涯，不是孤苏城，是他自己，他酒喝醉的时候，都走得快，撞到了回音，他蹲着喊疼。星星只好躲在天空的陷阱里张望着，那些汹涌乱石是因为挨得太近的缘故，伤了人间。一杯一杯啊，他踩水而过，激起浪花，淹没了槐树开花的山冈，淹没了杜鹃啼叫的海岬。他依然在镜子里看到孤苏城的脸，糊了鼻子，糊了嘴巴，糊了眼睛，似曾相识。月亮高高踩着白云，穿越生生世世，一生一世都有一面冰冷镜子。酒喝醉的人都说自己不会醉，只会扯着朝阳和夕阳的头颅对撞，溅起山花，溅起了满天鸟鸣，溅成了一回回可笑的重复，都以为别人不晓得。

画 / 何旻熹

去往源头

溯流而上追随一种源头，也许能使平常的日子向前或往后。于是我们出发，带着熟悉的行囊。出发那天就是时间的起点，蓝天下，寒风里，背景是可以随意切换的。可以是一群人，可以是一个人。不需要指南针。指南针所指的不一定是源头。哗哗水声在来龙去脉的中间，在日子的背靠背。一群人，或许一个人，有时穿过芦苇荡，有时翻过乱葬岗，有时在干裂的田埂，有时在寸步难行的沼泽地。没有人需要快，也没人需要慢。走走停停。喘息，汗流，饥饿，口渴，脚酸，耳鸣，都与肉体是平等的，与灵魂也是平等的。连途中的风景，都是从未遇见过的旧时光，甚至水中倒影也不是自己，新的自己在路上，在太阳坠落的沟壑，在月亮上升的森林。一群人的呼啸啊，也可能是一个人，喊得松涛滚滚，喊得乱云跌跌撞撞，说追水源的人来了，看到了，你们无恙乎！眼神一热，落下的山冈点点，在风里清凉地飞。于是茫然坐下，在渐渐后退的日子里，说些起伏的段子，绽开些漂浮的笑容。而沉默的源头，其实只是一点点泉水，白亮亮的光，咕咕叫着，善良，又害羞，在草丛里躲躲闪闪。后来霞光里有人说该回去了，似乎无人听见，或者听不到。还有人轻声说，不然换一条路下山吧。许多声音兴奋地喊好！当然也可能只是一个人，不过呼应还是有的，只是一个在前，一个在后。

野草的此与彼

  世上有很多这样的人，不像野草，也没有野草的生存和轮回力，却偏偏要以野草自居。本来，这种人只是枯黄地生活在自己的框架或躯壳里，光阴并不较真，日子浑浑噩噩。不知到了何时，也许某个偶然，有人在空气里敲门，说外头还有一个你，怎么丢了那个你，你只是个虚构，外头那个你，才是真的你。于是，破门而出的人，向着回音的方向，该出发的出发了，该寻找的在寻找，成了光影下的路人，成了餐风饮露的路人。在寻与被寻的路上，路人踩着土地，土地在漂移。路人顶着天穹，天穹在旋转。路人踩上节拍的时候，道路也就披星戴月，路人成了门内和门外的关节，成了尘世与天地的轴心。踩不上节拍的时候，路人倾斜成自己认不出的模样，太阳拉着一边，月亮扯着一头。闲下来的时候，那些路上的风土人情奇城异域，各种有各种的不同，各样有各样的好。不变的只有野草。偌大天地，四方游走的野草都一模一样。那时路人开始恐惧自己的闲与不闲。路人开始让自己不停赶路。路人在速度里看不到自己了。五颜六色的山川河流，断断续续的季候，路人看到自己成了不停自转的无数的星或月。星或月也有打尖的时候。路人看到歇息的不过是颠簸野草！路人笑，路人哭，路人大喊大叫，路人咆哮，路人在冰雪里看到了自己，赶脚过跋涉过的人。不是原先的自己。原先的自己也还在。握手言和的是两个人。都说，原来野草不过是拥有了此处与彼处，世界也就只是一道咿呀的门槛。那打开呀，打开后，万里野草生春风……

慢
笔

悲 悯

　　从福州到北京，从摄氏二十几度到零下五度，我穿着单衣来到北京。走出机舱的瞬间，早有心理准备的我还是打了个不由自主地哆嗦。这是立冬已过的北京，我穿上厚厚的羽绒服，裹上围巾，钻入有暖气的车子，急速退去的影子里还有许多人在招手，在翘首。是的，已穿越冷暖，从北京到福州，又从福州到北京。路灯下的雪花一片片的，冰与火的辉映是有清晰轮廓，时间的属性从不知不觉中剥离出来，人世的疾走与迟疑互证因果。慢慢绽放啊，生命中的福州与北京，虚实瓦解的花朵，那么多的人情冷暖，历历在目，在北京，在福州，在剥去阴影的时光中，一瓣一瓣的，灯火的移动里有冷有暖，我都看得清。

慢笔

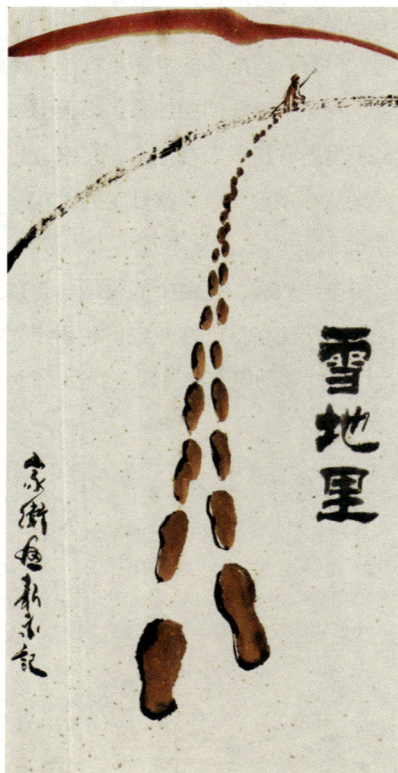

雪地里

家衡延新未記

雪地里

　　看雪的时候，阳光正钻进树梢，一点点地打量着茫茫原野。雪已淹没了土地，改变了万物轮廓，空间的颜色与气温也没了差异。视野里的前方，是河床？道路？陷阱？田野？或是无人区？能判断的参照物找不到了，呵口气叹个息也有了平庸的形状，阳光普照也成了寻常物。这让视线既欣喜又困惑。但现在的问题是这样的，我将走过这片雪地，向左，或者向右，都会在雪上留下脚印，一头长，一头短，有时深，有时浅，不变的是都将留下脚印，通俗说是一边五十步，一边一百步。如果说其间有差别的话，五十步的选择，留下的脚印毕竟少些，能同步确定的是，阳光随之少了，雪后的风景也短了，寒风吹刮的感觉也薄了。理智自言自语说应该走五十步，感觉自问自答说应该走一百步。可树梢的影子不知不觉移了位子，那是阳光走了几步，日子废了一截。树上忽啦啦掉下一堆雪花，鸣叫声里我看见一只鸟儿飞远了。雪花一点点缩小，我也一阵阵缩着身子。想再走上几步，待会儿，理智赢了就听理智的，感觉赢了就听感觉的，反正五十步也是可以笑一百步的，一百步也不过是两截五十步。还想，还好只是走几步路。

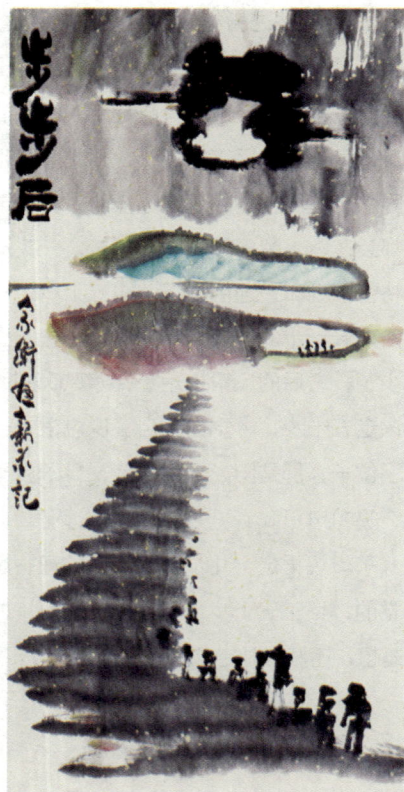

步步后

失眠人的雨，是呼吸中的鼓点，或急或缓，细细密密，击鼓的人在暗处，蒙着脸，回响都在远方！远方哪，生旦净末丑，在呼吸中出没，在鼓点里变脸。那些捶入大地的人，地也疼，也会弹出一个个包。那些骑鹤远行的人，风也感知，也会在天空画几笔一生的隐喻。而雨夜，抹去了一切事物的形与色，只剩下点点雨声在无尽暗夜里，在叹息处，在失眠中，我进退失据。终究要乘雨走回梦中，走回生命的另一侧。我下意识地躲闪着。可他们要来到这陌生的城市，将怎么走？那千言万语的路途，将如何跋涉？对于雨夜的本质，蒙面而行的雨声，我似乎狐疑中，它是形式的另一种失眠，还是我的一段招魂？或者，魂灵的黑色脚步，返折的回响，细细密密的，已在窗外……

安泰河里的福州

　　整座城市，坐着也冒虚汗。稍微一动，就像走进封闭的蒸笼，汗水一滴滴从四面八方蚯蚓般游出来。还好，我回来这年，台风一个接着一个，搬来了遥远的太平洋的雨水，铺天盖地的风暴把这座城市从闷热丛林里连根拔起，丢下无数葱郁的肤浅的街树。只有这个时候，我才能穿过夸张成性的广告牌和五光十色的玻璃橱窗，走回十三年前的记忆。那时，是那时，这座城市高楼还不多，东街口还有天桥，五一广场的草坪很宽阔，台江电影院大榕树下坐着很多闲人，金山寺边没有大桥，农大沙滩也能点燃篝火，城中村能听到鸡鸣声，公交车多数没装空调，木皮棚屋有很多老人摇着蒲扇，孩子们谈恋爱还写信投进绿皮邮箱。而现在，就在这个雨后，三坊七巷开了扇光阴的后门，马鞍墙下，青石板道上，没多少游客匆匆的足迹，青瓦白墙能走出古人身影，木头窗棂能飘出隔代烛光，高高翘起的飞檐也停泊着年少的风声。可这已不是十三年前的那座只有几条主干道的旧城，是大雨后的有二环三环让人迷路的新城。这个清冷的有回声的安泰河边，星星点点的灯火开始冒起来了，像一杯迷幻的微笑的红酒。今晚，我的安泰河，我不必是我，我借用一个躯壳走进这个纸醉金迷的躯壳，今晚啊，我将用安泰河水埋葬我的福州。

慢
笔

繁花问

　　从南到北，又从北到南，见过了非典，见过了沙尘暴，见过了雾霾，见过了巨型风暴，一路上有人同行，有人走丢了，有人近了却远了，有人见了是为了从此不见。我看见我的我一路蜕形，我看见我的我白发渐渐茂盛，酒量渐渐弱了，镜片度数渐渐深了，曾经的感动曾经的忧愤渐渐寡淡了。我看见起点和途中有几个我，在大风里，在大雨中，只要一松手，就会走散，就会不再相认。在故乡的土地上，熟悉的天空下，躯壳里装的是异乡的心，眼睛里看到的是陌生的苍茫，没有一样情怀是出发时的我！没有一种情绪盘旋像童年的苍鹰！那么，我还是我吗？故乡还是故乡吗？如今的我，高血压高血脂高血糖，生命只有一半还归于我。那么，走在未知的另一半，他还好吗？他都会遇见什么？还有什么劫难是他的影子？还有什么未知将与他并肩？那么，我还好吗？现在的我，从前的我，都好吗？那么，同行的路人，你要晓得你所认识的只是个新朋友。那么，走丢的人，就不用找了，船已远，水湍急，能找到的，也不是曾经的那把剑！那么，近了却远了的人，你应该不是你，我估计也不是我，两个不相识的人，请微笑，请客气道别；若不巧重逢在旧日驿站，也眼熟，也喝茶，也把酒话桑麻。那么，见了是为了从此不见的人，彼时有勾连，当时已沽清，现在只是个误会，岔道上的遇见，不过彼此眼花而已，况且这世上的繁花也浩渺。

慢笔

画 / 何旻熹

疾驰的车上

　　年过四十，开始了福州和北京的双城生活，时南时北，线人般穿梭着自己的经纬。心情难免不定，有时在南方想着北方，有时在北方想着南方。陷入无言陀螺时，感觉行踪踏空时，会安静地看着自己的心情，看着它起，看着它落，看着它沉沉浮浮。现在，它只是一个叫心情的名词，它已无力拉着我满城疾走。在双城的日子里，我终于能和心情平起平坐了。它是它，我是我。就像此刻，车灯前的迷雾，有光斑的模样，灯光也因迷雾而有了质感。车疾驰，光斑不断死去，却一直都在，在前方。知道车灯会熄，雾水也会褪去，可光斑与我事实上都存在过，在两条互不告密的线索里，我依然是我。那些酒后的微信，在没有醉驾规定的时空中，会夸张，会耸肩，会拍案，误伤有时难免，破绽必然发生。可每次惺忪睁眼后，都会翻开微信记录，逻辑依然都在，观点大致清楚，没有证据的话依然不敢说，没有必然联系的不敢论断，输了低头，错了抱拳。只是，少了包容，少了妥协，多了尖锐，多了爱憎分明快意人生。那些心情强力瓜葛势均力敌时分，我是会喝酒，一瓶完了又开一瓶。酒会拉架，会让心情和我漂浮，使不上力，各自掉头。在副驾的座位上，我敲下的这些文字，在脑海的键盘中，你都会看到，一块块文字，它们举杯的模样。我也会看到，心情也看到。

辑三

茶

汤

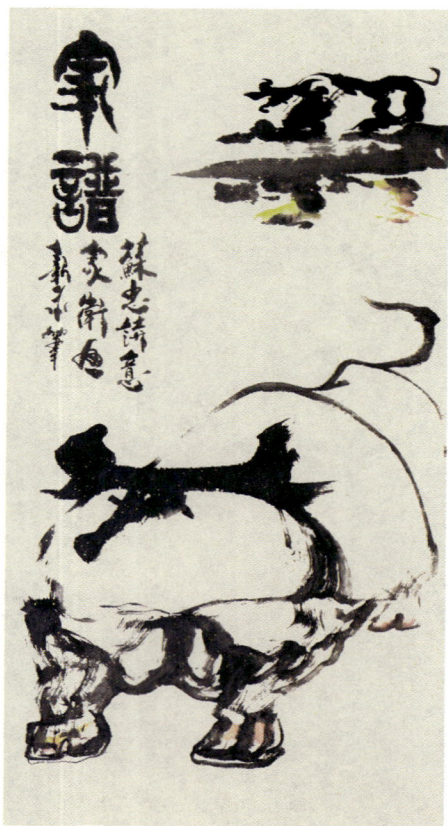

家　谱

　　开始是有人说话诚恳，办事靠谱，不占便宜，慢慢地，乡里乡亲都喜欢与之来往，连喝开水都乐于招呼他，来来，歇个脚，喝口水再走吧。

　　收山货的、卖铜器的，都找上门与他搭档，合伙倒腾的也不少，还有越来越多的人愿意听从遣派。到晚上，一群人围着篝火与他大碗喝酒，随意聊天。

　　乡里头喜欢抖机灵的，人们觉得说话总变卦，办事也总吃亏，不知不觉地就开始防着，掖着。与之联手的事，得抬出许多门槛而且还不放心，连收垃圾的老人都不愿往他屋子跑。

　　一传十，十传百。渐渐地，大伙儿都不怎么喜欢和他来往了，有的遇见了也避路，他只好每天躲在角落里晒太阳，数自己的胡子长长短短。

　　久而久之，这些好的坏的谱儿，经过井边巷头的口口相传，不知不觉成了乡里外不成文的规矩。

　　青草绿了又黄，黄了又绿，时光起伏里，这谱儿信者恒信，交往的、办事的，人们都有了事先旁敲侧击的习惯：这人的口碑怎样？办事有谱吗？

　　城里的文人，堂上的爷们，坐不住了，下乡一溜采风，好家伙，这谱儿"望之俨然、即之也温"，嗯，不错，姑且称之为诚信吧，且找来竹简石碑刻下，希望不走样。

　　再后来，大伙儿走南闯北，觉得这么做能走得更远，更久，喝水也安心，喝酒也放心。于是乎，这事儿自然而然就成了父传子、子传孙的家谱了。

慢笔

057

脸 记

土里埋过多少张脸？长满雀斑的占卜者说，其实数数地上的青草，就知道了，还有星星，那是土里挤不下的脸，只好悬半空了。

长满雀斑的占卜者说，旧瓶换不了新酒，一张脸通常只能用一次。

篝火里，鼓声沉闷，一簇簇的雀斑。

春夜的脸。

慢笔

水中草

　　如果退后一步叫失败，那么，承让了，请允许我往后挪。

　　心事重重的脚步，会留下洼地。阴天时，有雨水斜披，青草凄迷，也有虫蚁蛇蝎，瘴气弥漫。

　　如果你也退一步，当然只是假设，但不希望还是虚构，那么洼地将更大，水面将更宽阔，会有蛙鸣，有鱼跃。

　　能对流的是活水，天晴月圆时，凭栏临风，倒影是两株水草，惺惺相惜，从容温柔……

慢笔

画 / 何旻熹

岛上的教堂

那是教堂，尖尖的一根针，穿过天堂，把孩子的心思缝在一起，将弥撒曲放飞，那是握在手里的风筝，它渐行渐远。

那是母亲，在人间，小小的心眼，长长的脐带，有爱的孩子在天堂。

母亲啊，你老眼昏花，能默诵圣经。

慢
笔

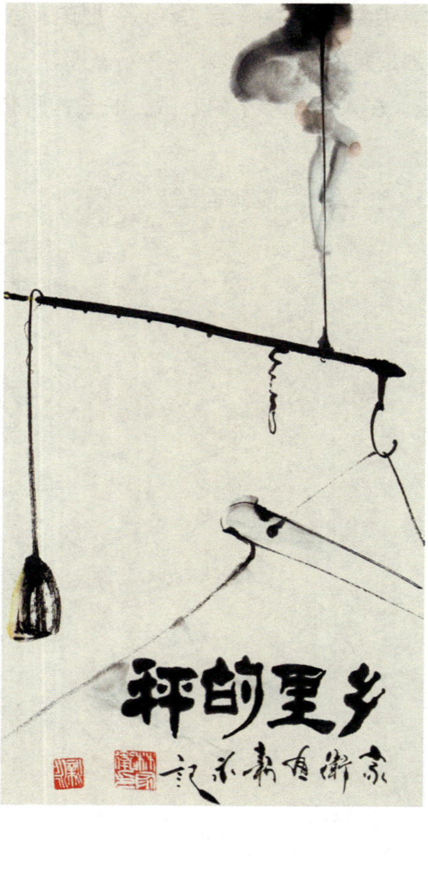
乡里的秤

乡里的秤

旧时候，走街串巷的货郎，论斤按两卖东西时，喜欢把秤尾翘一点，然后吆喝一声，斤两给足啰！

老乡们都笑眯眯的。

也有把秤端得平平的，一丝不苟，买东西的人，围观的人，嘴巴都说货郎抠。可农活忙时，也会让孩子们跑腿代买，说是蛮放心的。

那些缺斤短两的，以次充好的，乡里人的眼睛往往把秤盯得紧紧的，担子里的货物也会反复打量，常常看着看着，就放下了。

有时也是买了，但多半红着脸嚷嚷，也有跺脚的，闲人们都乐意围观。

等货郎走远了，会指指点点跟孩子们说，这人歹，大人不在时，离远点哦。

喜欢把秤翘翘的货郎，一段时间没来了。后来听说人死了。老乡们都叹息，是个好人，可惜了。

平花綬

蘇忠清意，家藏。
辛未記

平行线

　　没有背景的桥上，简约线条里，有人说，走过的路，可以回头，也能复盘。安静的流水，落花点点，是逗号，是句号，或省略号。

　　也有人说，不是流水无情，是不回心。

　　你有高高在上，我有一意孤行。

　　高与低，是你的角度。在时间的另一维度，只有平行，只有永不重合，只有偶然与必然的或然性。

慢
笔

秋水长天

时候已是深秋。

我穿过熟悉的日子，也有山，也有水，也无言。

如果山的称谓可以为水，水的名头可以为山。好比凤凰岭我唤为水，稻香湖我唤为山。此时此刻，我只是一个人，一声呓语，一句修辞，没必要告诉两个或更多的人，或者山，或者水。那么，也就没有游人或闲人或山或水能与我和我的影子揉挤。

一个人的世界。

那么，眼前的色相是否了无意义，或者意义在色相面前不再有意义。仿若，我推开了两扇门，认出了山的前世乳名，认出了水的隔世真身。

云的战栗是因为山的摇晃，树的摆移是因为水的冷战，我走向山，走向水，那么多的音容笑貌被埋葬很久了。

驿 使

  戈壁苍茫，有几株草。天空很深，有三两朵云。驱车在这辽阔荒原，尘世的后脑勺，风声一阵阵，都是大地的回音。

  前行的是车与车里的人，后退的是戈壁与天空与影子。

  有时草跑在前方，有时钻过云的身子，有时我就是云或草，不厌其烦地我们团团捉迷藏。

  这些，初始只是意外。

  千里窗外，都一路随行。

  慢慢地，我们混熟了。瞧过去，多像我来时与去往的伙伴，连背景都有雪山远远近近。戈壁掏空，天无垠，那么多的时光也是莫测的。

  而回音却有长长两截。

  心突然紧紧被抓起，它们都那么的阳光，透明，莫非正穿越我走向彼此。云越来越稀，草近秃。

无心的飞翔

飞鸟的本意是简单的，它只是掠过天空。复杂的是地上的行人，凝望的目光。

飞鸟一只，目光也有一瞬。现在，大批飞鸟飞过天空，掠过云层。

无心的飞翔，凌乱的鸟鸣，像相片上的黑白从前，被反转成彩照，供人浏览，翻阅。

白云是白的，影子是黑的。

说是回忆的本质，只有死去才能活来。

而飞鸟，通常一去不复返。

只是天空，似乎一成不变的模样。

云低处，飞鸟依然在飞。

画／何旻熹

踏浪者

千军万马。

是一群卷土重来的铁骑，从遥远的海平面升起，挥舞滚滚白刃，嘶喊着含混不清的号子，乘风破雾，前赴后继，向陆地和天空宣战。

浪涛所致，目光能及，前方步步裂开。

时间的门一扇扇洞穿。

已入无人之境，已入无物之境，今生今世啊，唯独入不了无我之境。

人一孤独，就落单了，也就轻了。

那么，既然日月都倾斜了，江山就是一种病。那么，是时候了，也该撤了吧。

依然跃马横刀，一浪掩着一浪，滔滔不绝，败而不乱，姿势依然前奔，那是骑兵由生的尊严。

人们逛公园

只要堆一些土丘起伏，弄两池流水能响，栽几排树能遮阴，盖几处亭子能吟诵，再弄些桥梁啊，凳子啊，花朵啊，雕塑啊，让人们有地方散步，有地方跳舞，有地方钓鱼，有地方划船，有地方约会接吻，就成了公园。

公园里四季都应该有景，这样一来，人们就不仅只偶尔来，而是四时都牵挂。公园里的路要绕来绕去，还要俯腰钻一些洞，低头踩几块汀石，幽暗的空间多几处，人们待在里面的时间就会延长。公园里空地最好小一些，人们就不能集结在一个地方，这样就能减少管理成本。公园里还应该多举办一些活动，人们参与其中，就能躲在其间成一统，而淡漠了园外的麻烦与纷争。

人们逛公园，就像读名著缩写版，不用花太多时间，也不累，就能迅速把名山大川富饶景色逛遍，也有成就感。

慢笔

善是一朵花

善是一朵花，种入心田，绽于笑容之上，于爱的春天里。

人非草木孰能无情。百代光阴，千载人世。正因为有爱，有善，有情有义，人遂成这个灵长世界的主宰。大凡世间任一教义，其主旨皆劝人为善。因为种善得善，向善得善。人与人，所以于洪荒中携手而立！人，所以于万千困厄中不断向上提升！

善，可以是扶危济困；善，可以是赡养孤寡；善，可以是兴师重教；善，可以是延文续礼；善，可以是呵护绿色；善，可以是珍惜自然；善，可以是授人以鱼；善，还可以是授人以渔……

善是一种信仰，善是尘世中的修行，善是人人可积之德。既可以惊天动地，也或许润物细无声；既可以汹涌澎湃，也或许静如山坡的一抹野草。

佛有三布施之说：财布施，法布施，无畏布施。对于需要帮助的人，有钱财，你就救人于水火；有智慧，你就指点人于迷津；有爱有自信，你就给人勇气与爱这个世界的真诚。

善是一朵花。无论你我，日行一善，就能手把手递出一朵花，在春天里，在笑容中，在心田里，在这个依然爱着的心手相连的世间……

慢笔

辑四　石磨

村里的暮色

　　村里的公鸡，母鸡，和鸭鹅，都各玩各的，平时并不往来。偶尔也磕磕绊绊混了整天，鸡毛蒜皮，拉拉扯扯。天黑时，也记得回家的路。

　　有时里一两只落单，去了邻村，过了山沟，在野外，只要主人远远一喊，都能把暮色分成东西南北，流浪的狗儿默不作声跟着。

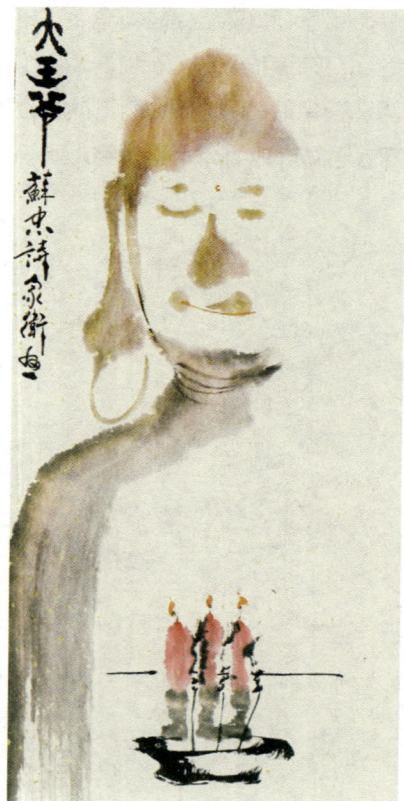

大王爷

　　清明刚过，雨下了几场，庙里的大王爷，被白蚁吃了，说是在夜间。老人们逐户募捐，挨家聊些前朝旧事。有的妇人总不在家，老人们就夹着雨伞在后门等候。孩子们只喜欢带来的糖果和糖果纸。

　　天气渐渐热了，还刮了几场台风，倒了很多树。然后月亮圆了，叶子黄了，也都落了。

　　先灭白蚁还是先灭塑像，后来街边吵上了，连正月都不来往。

　　小庙里依然香火炯炯。

日记本

　　山羊和榕树对峙，它们都胡子飘飘。

　　村庄，池塘，长石条，矮木桩，有几行。

　　纳凉的老人，三五群，椭圆蒲扇，摇着长须。咯咯笑的孩子，光光的头，伸手摸了摸下巴。

　　风把山羊和榕树吹拂，老人搁了蒲扇。

　　孩子的眉头锁。

　　池塘里的云朵散了。

　　日记本里走来了山羊，榕树，和老人……

慢
笔

乡村记

（一）

山叫南山，坡陡，常绿，有流水，巅有巨垒，叫棋盘石，上有纵横秤纹，说是仙人对弈之地。迄今风来去步履老旧，草木不语，观棋中。山窝藏村落，树木掩映，苍苔如发，乱石野狗，杂草没膝，有清末民居，有民国旧宅，也有补丁般的后建房屋，桥梁石阶能行，瓦梁门楣尚好，人家都搬走了。有些祖先牌位未挪，村边古墓也都在。山脚有始建于宋之废寺，叫永宁寺，又名山溪里，因了寺前有溪水横溯。桥边有大榕树，时见石柱石槽埋没草丛，据说当年香火盛极一时，后毁于明倭乱，今人翻新重建，目前尚有尼姑几个，居士若干。

再往前，过田埂土路，几亩菜地，翻一道平缓山冈，再过主路，是碧波荡漾的海。

（二）

村庄破落，躺在蜘蛛网上，仿佛一侧身就能沉沉睡去。

此地旧称乐平境，说法有来头，但无典籍可考。村里有祠堂，小庙，泰山石敢当，水泥道，石屋，红灯笼，高大的仙人柱，卖菜的小摊，杂货铺，啤酒瓶墙根，断腿的台球桌，堵塞的水沟，蝌蚪，飞虫，纸屑，拖拉机，废玻璃厂房，烟囱，大榕树，夹竹桃，蹲着晒太阳的老人，小诊所里的中药味，有母鸡在路面啄食，小狗常目中无人地溜达，豌豆角胡萝卜油菜花散落生长路边，电线杆上耷拉着鸟雀，许多人家的房前屋后有菜园子，沙滩上的舢板里外都长草了，旧码头边还有几把三角梅，在绿的山和蓝的海中间摇晃。

父亲的墓碑

　　走完六十九个台阶，父亲，你放下刚刚煮好的白米粥，放下新买的带着绿叶的杨梅，放下才盘点好的柴米油盐账本，收拾起那个公鸡打鸣的清晨，走出石头老屋，走过你熟悉的羊肠小道，拐进一扇陌生的永不透明的玻璃门。

　　驼背的影子总是弯着，谦卑的脸上赔着笑，年轮的皱褶鸵鸟般抱头。你在阴晴不定的天光下蹒跚，你和蚂蚁一样碌碌无为，你狼狈地活着像一头疲惫的老牛，你世俗，你蝇营狗苟，却没有用一潭湖水来掩饰泥沼。

　　在天国的初夏，你是走家串户的推销员，墓碑是你的名片，正反面都刻有方块字，那些电话号码还是旧的，名头也没更新，地址似乎也被汗水浸渍。上帝的指头，或许夹起，瞄了眼，搁在桌边，然后，眼睑不抬说晓得了。

　　你端起一头白发，俯身赔笑，毕恭毕敬地退出。似乎还知道，我远远望着，腰杆挺了挺。

回忆的外婆

　　人们都说，我出生不久外婆就过世了。我说记得外婆啊，那时母亲抱着我走啊走，说是看外婆去。上了一道坡，过了几户人家和菜圃，再上几道石阶，就到了外婆家。外婆盘着高高的发髻，细长的眼，小小的脚丫，和一排老人坐在旧门窗前，双手飞快地包粽子。粽子似乎很多，一串串挂着。外婆惊喜地抬头，把我搂在怀里，左瞧右看，好像还说了很多话，声音嘶哑，慈祥。

　　人们大吃一惊，说我胡言乱语，那么小的孩子哪有记忆，而且还能描述得这么清楚。记得母亲说过，某年的端午节，她确实抱着我找过外婆，很多细节大约如我讲的那样，但具体是哪年，她说再想想。可是，到后来，她总说想不清楚到底是哪年。

　　从小到大，我在不同场合好几次说起这件事。可每回总被质疑或嘲笑，我也曾偷偷在外公家端详外婆遗像。盯着她的眼睛，我相信她当时就这么温柔地看过我。到了后来的后来，我愈强调人们愈不信。真真假假，我也怀疑起自己了，不知道是我的臆想，还是真的有过这回事，或者弄混了时间。

　　到现在，母亲也走了，都没人给我明确答案了。只得在心里对自己说，既然没人说得清，我还是选择宁信其有吧。

　　没有外婆的童年，让我如何回忆呢？

慢笔

剪 月

把夜色抬一点，再高一点，许多童年，就溜了进来。

那时姑姑还在，还健朗，她已卸了村里职务，没什么事儿，平时爱讲童话给孩子们听，有些鬼怪故事也挺吓人。姑父的腿上，有虬结的筋。他一路跑来，说夜深了，怎么还不回。我们一帮孩子拿着剪刀，托着盘子，坐在草垛边，排着长队，准备剪月亮。

姑姑瞪了眼姑父，回头悄悄跟我们说，只要屏住呼吸，挨近月亮，快速剪下一角，装在盘子里，然后赶紧端回家，装在窖子里。放什么，就能长出什么。姑父撇着嘴说，那就装你的手镯吧，看看能长出什么？

记得那时，我想的是放白兔子。在我的童年里，玩具很少，似乎只有一两样。而兔子，家里养了一群，都是土黄色的。

那时天色很矮，没有风，星星都摸得到，夜来香的味道糊糊的。一群孩子，并排坐着，不说话，眼神亮晶晶的。

夜色缓慢地走着。

月亮也不着急，宽袍长袖。

也不知何时，姑父不见了，姑姑不见了。

孩子们，一个一个，陆续溜回家去了。

慢笔

喊　魂

　　大人在屋顶竖了根竹竿，上面绑了几条红绿布片。一连几个夜晚，大人领着孩子喊着一个人的名字。月光下，声音传得远远，一阵阵的，名字是小孩。

　　开春以来，小孩多语，狂躁，谵妄，服了民间偏方后，不见效。听乡里"讲话人"说，是小孩的魂丢了。丢魂了，须在夜深无人时方能招回。

　　白天里，竹竿上的布片在风中飘摇，路过的邻里都以眼神探望。

　　家里给孩子添了很多好吃的，一家人也围着嘘寒问暖。平时家里忙，孩子早早就无人管。突然间，所有人都关心起，孩子开心极了，也念着能吃到平时难见的，在人多时，依然会说些不着边际的话。

　　家里慌了，送小孩看西医。西医药苦，打针也疼，小孩不喜欢，话更零碎了。

　　竹竿上的布片，又多了几条飘摇。

　　过了阵子，路人看小孩时都侧目，经过的脚步也匆匆。家里也恢复了平时的饮食。

　　"讲话人"说，是魂跑得很远，竹竿上的布片不惹眼，要把小孩送到寺里，才管用。

　　寺庙清净，香火不多，山也青，水也灵。

　　草木都踮着脚尖走路。

　　过不久，小孩回来了，似乎安静了许多，不多言，不乱动，眼神闪亮。

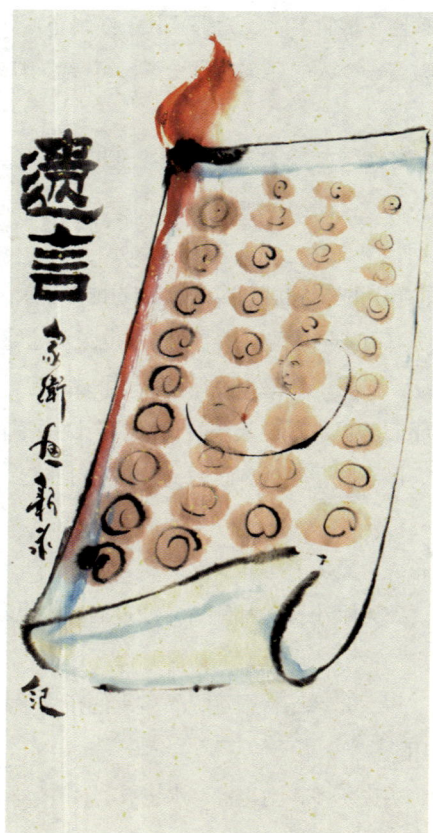

遗　言

　　母亲已神志模糊，好几天了。还清醒的当口，说，还有个孩子，算来是老三，那年没保住，流产了。以后，记得要烧点纸钱。祭祀时，名牌要写上。

　　母亲喃喃说，那是个男孩。

　　她口吐白沫，过了不久。

村里
轶事

余衡庵
赖求记

村里逸事

夏夜，岭头，碎石子路。

老孙头踉踉跄跄走来，满嘴酒气，嘟哝着番薯藤般的话儿。在村里，这些到处能听到，能闻到。

今年小麦收成不错，空心菜足够自家吃了，丝瓜挑大的可以送几个亲戚，茄子刚紫得发亮就被小孩偷走了也没事，就是番薯太多家里堆得到处都是。

嗯，孩子如果今年不回来，就考虑做地瓜烧酒吧。烈是烈了点，但喝起来顺口。

快到村头了，老孙头累，想坐下喘喘气再走。

一阵风来，老孙头浑身舒坦，话头更是滔滔不绝。

有黑影不知何时傍在老孙头身边，似安慰，又似倾听。

老孙头说着说着，哭了，还哇哇吐了一地。他记得，衣服是邻村女人给新做的。

清晨，一觉醒来，老孙头急忙坐起。

衣服除了有点湿，都好好的，地上也干干净净。

身旁躺着一条大黄狗，红着脸，呼呼大睡。

老井

家衛枝新水記

老 井

回到故乡，特意拐道。村里的老井，依然在。尽管，家家户户都通了自来水，三三两两也盖了几栋新楼。

可没人把水井填埋。

那些年，井边有洗衣服的女人，有打水的汉子，有花枝招展的寡妇，有唠嗑的老人，有踉跄的酒鬼，有打尖的货郎。村里的大小事都在井边发布，流言蜚语也都在井边传递，来来往往的村邻都习惯从这儿走。

夏天，孩子们在海里游泳后，会在井边打水，冲洗，打闹。夜深无人时，我会偷偷跳入井中，屏息，沉沉浮浮，浑身的清凉。有几回，泡在井里仰头看星星，周围有蟋蟀的声音，一针一针的细密。

那次，被村里的老人撞见，后来逢人便数落我，好一阵子。

扯着记忆，我围老井走了几圈。井边已是杂草丛生，淹没了眼角细节，土围墙也塌了，有些记忆也埋没了。

我俯身，井里的水还清亮，一些青苔微微蠕动。

想起，当年有个疯子说，这口井，是村里的心脏。

此时天阴。

山坡上，有成群芦苇花在风里跑。

旧渔村

　　一截老城墙，密密麻麻簇拥着半新不旧的水泥砖房、石头房屋、木头房子，像海里的沙丁鱼叮着火腿肠。

　　村庄依山傍海，在半岛的顶部，犬牙交错的海岸线恍若伸出的脚指头。历来，有城隍庙的地方皆有老故事，村里的掌故迭次在各种新翻修的寺庙流传，近的有天后宫、真武殿、三官堂与姓氏祠堂，远点的是九龙禅寺，散落山间的土番坟墓，还有一些尚未入土的棺材板，再远的就是海上的舢板，渔排，轮船，大大小小的岛屿，与飞过的鸥鸟。

　　海和山和天空，四季里差不多一个色调，有时深点，有时浅些。翻脸的是台风天，像老天爷在使劲摔东西，还和街上的醉汉一样喜欢大吼大叫，弄出各种尖锐声响，不过时间都不久。村里人的脸庞要么黄，要么黑，也有白皙的女孩，不多，都是些在家织渔网的妹子。墙里的一切，似乎从筑城以来，各色人等，士农工商，渔夫走卒，痞子娼优，都没变过。

　　白天，村里人出海捕鱼，养殖，买卖，喝酒，唱歌，约会，打架，赌博，看电视，小孩读书，老人晒太阳。到了夜里，山上的魂灵也在村中晃荡，找些阳气，捞些纸钱。迷路的，只要跳上旧城墙，也大抵能辨明方位，找到回去的路。

　　外出谋生而发达的人，喜欢带着客人参观老城墙，指指点点。村里修族谱的，也乐于把这类人摆显要位置。当然，钱出得多的人家，也可以得到这待遇，像旧时的大金牙，只是死的时候会被拔掉。

　　村中，整日里都有不散的鱼腥味。

慢笔

除夕夜，寡居老人

　　巷子里，拄着拐杖，老人一颤一颤走来，塌着腰，满脸赔笑，像根受潮的油条，插在竹签上，在风里。

　　爆竹时不时燃起，一簇簇地鸣，烟花的皱纹。老人似乎没看到，也没听到，只一直赔着笑，眼神空洞。

　　石板路，长长。

　　拐杖是根拼贴的断续的影。

慢笔

在乡里

在乡里，青石街头，榕树下，有长衫老者摇着蒲扇，眼光交会，点头，微微笑，不相识。擦肩而过时，老者和颜招呼，来吃茶吧，我家不远。

在乡里，海边，退潮，滩涂，几个小孩合力搬礁石捉螃蟹，久久不动，红了小脸蛋。见我负手在不远处，似乎无所事。急呼。我笑而不动，遂补充，快来帮忙，也分你一份嘛。

在乡里，从前的路上，有妇人在后面亲切喊道，你是邻村依俤吗？一愣，她接着说出我的名字。惊讶站住，拉呱了会儿，依然想不出对方是谁。满怀歉意问，你家孩子是谁？妇人说了个乡间大同小异的名儿。想到，应是旧时的同学吧。

慢笔

辑
五

芭
蕉

到对岸去

那时天空很低，低到了背影之后。我们走在夜色的蓝外套里，周围有许多萤火虫，每缕青草的气息里都有小路，远山像大大小小的草垛，河水在前头哗哗牵引着，月亮弯成了小舢板，星星像鱼眼睛在窥视，我们要到对岸去。

公鸡打鸣了，天亮了，山峦仰起刮得发青的下巴，月牙儿也愈行愈淡。许多人许多事都将大白于天下，我们似乎到了河中央，也有人说还是原地打转，在摹写与被摹写中，前与后都是湍流。

鞋子湿了，裤管儿一高一低，而对岸，已消失在眼球的背面。

慢
笔

空房早
蘇東坡詩意衛志斌
記

空房子

是一条七色彩虹，紧紧扯住了天空。

旷野之上，天空晃了几晃，也没走成。

走过风雨冲刷的时光，电闪雷鸣都存于过去的格子，一层一层，我都看得见。

天色反复折叠，夜深了。

也该让星空走上山峦，撒花撒花，雷电劈过的大地，只能做幕景或配角。溪流也不是不可以，水声潺潺是星星滑动的声息。

它们都那么远，那么淡，一般人听不清。

至于你，是雨后的豹子，在山的那边，探过眼睑。

我晃了几晃，影子紧紧撑住我。

在无垠的空房子里。

慢笔

火烧云

暮色一点一点暗下去了，那么慢。

天边，抹过一层火烧云。

你的脸颊，微微泛红，在黄昏的一侧。

隔着无数虚实，有人居然听见了心跳的异数。

就扯来一幕黑云，让雨点一阵紧似一阵。

阳台上的人们收拾酒杯，咕哝着鸡毛蒜皮，都撤了。

于是我紧紧抓住你的手，搂你在怀中，吻你。

说了许多惊雷能听懂的话儿。

都说是一把飘摇的雨伞，是雨中的蘑菇，许多年前的童话。

空空的天宇下，有一种情爱疑似火烧云。

后来，那个人悄悄来了，不是蔷薇，是壁虎，一动不动，盯着，在暗里。

雨水渐渐密集，把周遭虚化，许多翅膀顺着光线往上飞奔，又纷纷扬扬洒下，我晓得，那都是祝福种种。

知道人间阴晴不定，一把伞下的爱情都有一对人儿。不是说迟到的心动必须在雨中，是喧嚣尘世当退后。

那么，当壁虎的眼中再次看到火烧云，雨水似笑非笑，说夜色恰好，适合散步去。明天，天气也晴黄……

慢笔

在嵩山

刚刚从一幕湛蓝走过，才拐过一道弯，几朵云台阶般散落。

那时我们初牵手，满山青翠。

风声携群峰飞奔。

野花朵朵星空般旋转。

记得有人说嘴角干，说有点晕眩，都以为踩在鸟鸣声里。

那么静，都听得清，一团团的。

脉搏的频率马儿般到处乱踩。

我有时光，除了你，不让任何人进入。

我有美梦，不需要成真，也就没有假，梦就是所有相。

一条溪水从天空来，将青山割成两瓣。

亭子里，两个人，是一片影子。

路过的人们，皆为背景，可有，可无……

那时我看见溪水跳上石阶，一晃一晃的，径直走向我，说是切走眼耳鼻舌身意。

让我看到，层层包裹下的一颗心。

在捣衣，捣一件前世的衣衫。

那么明澈。

像天上的云，堵住天空的唇。

唱诗的人们啊，在河床上，一遍一遍，请不要停下。

求求上帝，满山草木都是你的手势，我都懂得。

画／何旻熹

一格一格的阳光

刮了一上午的风，天空很干净，远山像刚睡醒的孩子，有着蔚蓝的表情。

阳光一束束，柔软地叠在稻田上。

田野望不到边，谷穗的脸微微地垂，似乎都听说了什么。

一格一格的阳光。

接着遥遥的天边。

那时相爱的孩子很规矩，课桌的中间刻着工整的痕。

那时的耳语都简短，深呼吸时没其他人的影子在悠晃。

风依然一格一格地吹，吹过午后，吹不动金黄和金黄的吻。

慢笔

画／何旻熹

初遇见

冬天的阳光，是眼眸，懒散，干净。山麻雀是睫毛，眼神忽闪。

那时我走过山中或从前，你也路过。梅花正开，一簇簇的。你脸上的绒毛，在阳光下历历可见，到如今。

你眼神尖叫，把阳光远远地推。

慢笔

矮小的雨

矮小的雨，渐渐停了，没有寒气踮在寂静里。空荡荡的沉默。天与地各自走开了，月亮的肉身在天边，三两颗星星在树梢，山峦的水印像秤砣。

苍白的直径，水声把夜拨弄。

一点一滴，旧时光里的水钟。那时的你也在，水盈山巅，我们的影子长长。

时间是一声一声的潮湿。

你说要走了，我只是忘了，风从哪里吹起。

阴影里，矮小的雨滴，脚步又那么细密。

慢笔

诵　者

那是故事里的夏天了。

高高的树丫，几只蝉不知疲倦地吟诵。掉落的树荫，都是些不求甚解的繁体字。

池塘里的涟漪，一层层的，却悄无声息，难不成比画的是手语？

往村子去的路上，一簇簇牵牛花拉长了耳朵。

蜻蜓点水，到处寒暄，看样子拉来了不少客人。

红番茄夹道挑着灯笼。

稻田一畦畦，排着整齐的方阵。

寂静，土墙后的狗儿突然瞪圆了眼。

风吹过，前前后后的树叶，纷纷兜出白花花的阴面。

一目十行，蝉迅速接上章节，继续摇头晃脑。

被拉得长长的溪水，有一群浪花在远处拍手跺脚。

画／何旻熹

溪水的手语

比鸟鸣持重的，是夏的果实，在绿的静止处，我看见深深浅浅的笑。

生怕它们惊起，随鸟儿飞远。

只有阳光不慌不忙，一层层涂抹着午后，涂抹着郊野，风微微，淡的就鸟鸣，浓的就果子。

溪水潺潺，是一条白色的胳膊，打着手语。

慢
笔

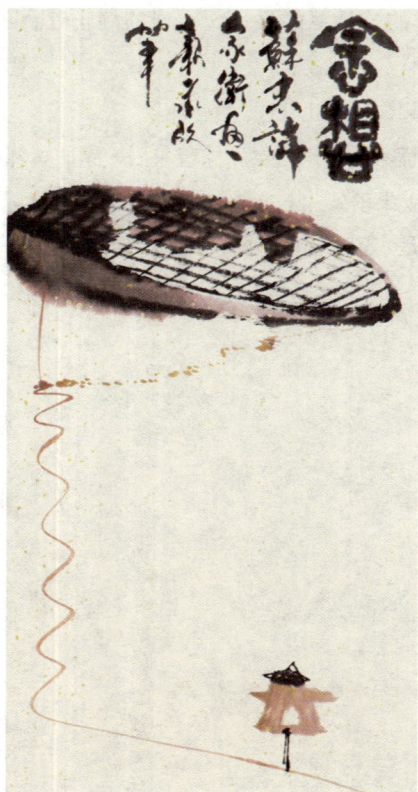

念　想

　　念想像只小动物，要用很多饲料来喂养。它跌跌撞撞，它起起伏伏，它在漫长时间里养大了。这只小动物，要用远山远水来磨牙。

　　念想的声音，是蚂蚁爬过的爪印，午后的白云，能听见，清脆的响指，半卷的芭蕉，飞来飞去的翅膀。

　　念想就是一株稻草人，风吹来了，左手短右手长，把小鸟啊虫儿啊兔子啊，吓得逃之夭夭。

　　念想是一只蝉，把整个夏天切割得七零八落。掩上耳朵，眼中的绿色是蓬松的，海边的风是微凉的，你脸庞的绒毛，似初初的月晕，把沙子划得吱吱作响。

　　知了，知了，念想是把钝刀。

慢
笔

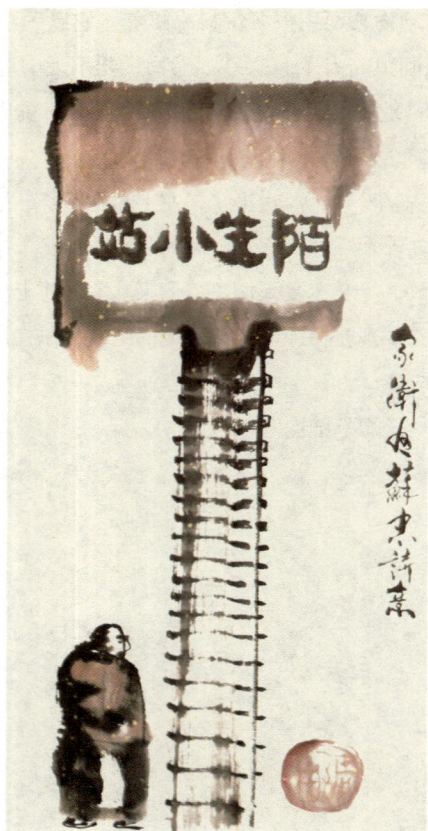

陌生小站

小站，铁轨，旧邮局，老人。

有绿皮火车一截，与干涸河床般匍匐不动。有柿子高高低低，沿山路逶迤，落地的都是界碑。

还有阳光贴地，远山清越，黄叶稀疏，时光随喜，日子悠远得恍若从前。

有人盖邮戳，递出风景明信片。

巢　穴

　　鸟儿不在，梅花只是虚拟的，背景落尽，时间也就没了对峙的前因后果。一只只空杯子，在高处，在饮风，在等待未知的露与雪。

　　你归来，枝丫横斜，雨也叮当，此处彼处都好。微微一杯韶光，使年华忍痛，追忆或遗忘，有数不清的线索，叫远山远水哆嗦。

慢笔

惊春

蘇東诗
东衛画
新之水放
笔

惊 春

　　春雨中的世相是不安分的，有的青草装着邪邪模样一路雀跃蓝天，有的白云没了底线四处拍打浪花，没有一枝骨朵儿不多情，没有一声犬吠不幽怨，飞檐与天空拉钩。

　　青蛙蹦的是春风，雨丝钓的是春色，泥鳅倒是喜欢捉迷藏，河水涨了又退，水平线高了又低，小舟不时荡过一幅水墨，浮萍和杨柳是随缘的。

　　蜻蜓点水据说是野狐禅，花粉传闻是走婚一族，太阳雨像媒婆的脸，一阵冷，一阵热，阴晴不定的天空有点哆嗦，很享受的是墙头草。

　　春雷是条汉子，也有人说是屌丝，才吆喝两声就走了，头也不回，看见的人都说酷。其实他是后悔了，闪电一回回抽后来的脸。

辑六　苍苔

或转身

  心里总归有个孩子，他咚咚走着，昼夜不停，有一阵风，约莫的轮廓，在走廊中，在栅栏前，在牛皮纸上。他的眼神像只小羊，也在逆光中，在投影的摇曳里。

  这些年来，皱纹与白发此起彼伏，阴雨天多走几步就心虚，骨骼里的痛风，落叶像梦中的耳光。依然遇见那孩子，他咚咚走着，有一阵风，把眼神吹得像手势，说该回家了。

  白花花的雨，雾气蒸腾的路，走廊折了几个章回，栅栏的里外，或转身。

  牛皮纸上的手势。

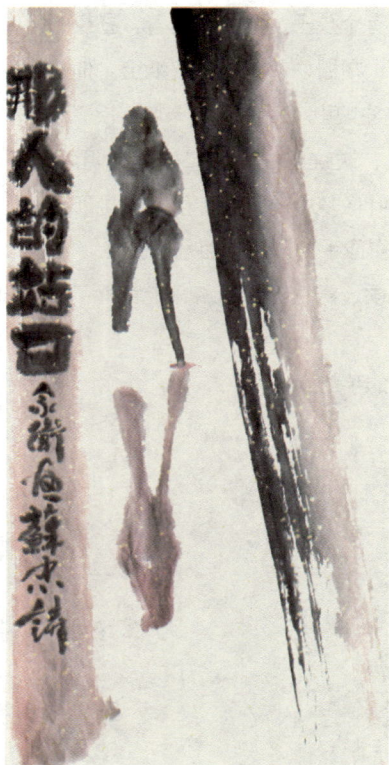

那人的站口

　　是一场骤变的天色里，还是在一次晚点的夜航中，我将背影植入那人的站口。那人在梦中与我握手，我不知那是再见，还是永不再见。我记得那是时间里的真实，手与手的触觉，单调的情节的滚动，阴影与背影没有对白，只有黑夜与白天的相互驱逐，只有潮汐层层叠叠垒起时间的慢镜头。

　　漫长的一生啊，看不清的起点与终点，路上的行人游走在灰色纹理间，我不晓得线索里的那人的站口，是否也有风和雨的彼此鞭打，是否也有穿墙而过的手心的握紧。虚幻的罪，真实的罚。那人举起眼泪，那人步步交错，那人捶打着天空。黑白的犹疑的指爪，我等待着星星噬咬夜空的绵绵无尽，等待着寂静终将淹没万物。

　　无以预测的故事的握手，景深里的再见或永不再见，一横一竖的背影，是否会植入那人的站口依旧会生发？

慢笔

枯萎的字迹

　　巷子从底片里递延而出，半文半白，说是黑暗垂落，寒烟锃亮，巷子空无一人，隐约传有犬吠与咳嗽声。

　　天气小雨夹雪，铺子已早早打烊，窗的灯光，三三两两，像雨中的猫头鹰，目不转睛，一言不发。

　　安静的街树，一行行，挂些哀伤的影子。风火墙头，枯草，似乎在左右寻觅着什么。

　　那些写在玻璃窗上的雾的手迹，那些逆光中的潮湿的幕景，都在日子里枯萎成了纸上的寥寥字迹。

　　雨雪斜披的巷子，沙沙的屋檐，不知何时也孤单了。

　　这样的天气，谁都躲在屋里，沉默，回忆，听夜风一阵阵。

慢笔

迷茫时分

午后的沉睡与小憩之后，总是要花很长的时间才能定下神来，喝几杯茶，抽两根烟，还有大片的空白时段，无所事事，就像宿醉之后，要隔上两三天才能醒。

想起来，越走越远的路途，遇见的行人都说迷茫，上山也好，下山也罢，一生中走神的时间居然占多数。没有人担心酒后的舌头打结，似是而非是真实的存在，亢奋或亲热都是伪命题。那些越走越昂首的人基本不低头看路，清醒地面对迷茫终究还是迷茫。

吐与纳，醒来或睡去，大概与生死的样子没什么区别。只有黑夜与黑夜的夹缝地带，梦徒步在梦中的灵魂与肉体，才和人间的是非曲直无关联，这大概是迷茫的真实存在模样。

慢笔

聽蕖子　蘇東詩

一原衛枝新作記

瞎孩子

（一）

大雪里的树丫，在街头，有灯光鱼贯，稀稀疏疏，提笔，研磨，铺纸，记录雪与雪落的层层身影。

那些瞎孩子，来到了人间，悄无声息。灯光，不是月色，或霜结，那是灰蒙的过往，映照了坠落的经纬线。远看或近看，都耀眼的，是曾经的无声的喉结。

洁白的孩子，没心眼的孩子，或上或下，一层雪花有一层影，即便站在再高的树丫，也瞧不了。

（二）

霜是冬天的细胞，静悄悄的，泛白。

公鸡尚未打鸣，曙色只是踮脚。

一夜之间，寒冷长成了庞大的明亮的身躯，鼓囊囊的。

街上的行人少，在躯壳里，咣当咣当地晃。

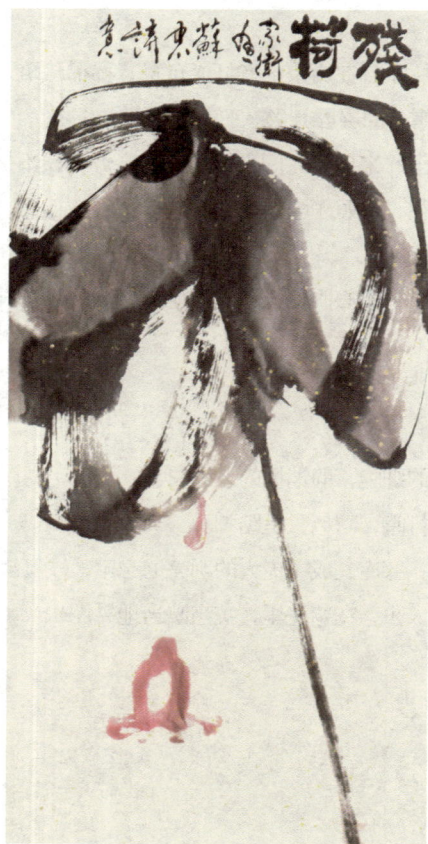

一把残荷

一把伞，撑了很久。电闪雷鸣，雨中的我，那时街头只有伞与我。雨中的黑暗，一针一线的黑夜，道路打摆成了大大小小的旋涡。迈出的每一步，与落叶纷纷，都没有脚印，只有紧紧抓住的伞柄。衣服湿了，头发淋透了。没有路灯，路标沉没了。跋涉，一个人的暴雨，世界在伞底摇摆，那时我的天空只有一把伞。

雨改变了物的模样，水中的建筑，水中的胡同，水中的站牌，水中的街树，水中的公园，都托着强颜欢笑的头颅，回不去的从前，天底下的覆水难收。

衣服湿透了，身子湿透了，还依然紧握伞柄，似乎攥在手里的是一条线索。雨水也是线索，那是握在别人手心的。

后来，伞下的手腕疲倦了，胳膊也抬不起了，雨点渐渐上气不接下气。在路边的高地的雀斑里，在彩虹的腰肢里。我收起雨伞，继续走。

风疏了，雨还有一点点，将落未落，拖着慢的慢镜头，天空，是一把残荷。

码头故事

码头伸出，是一根中指。

大海动荡不安。

拖网渔船吞吞吐吐，有的还喷着烟火。

海浪成群结队，簇拥着，拍打着，像街头的浪子。

鱼出舱了，大的小的，粗的细的，能吃和不能吃的，白花花洒在甲板。

渔港里灯火鼓胀，樯桅林立。

海风是腥的，渔网晃着水滴。有的鱼肚翻白，有的鱼眼睁圆。

那些纷杂的浪子，涌上前，又退下去，似乎在呐喊着什么。

码头上，人人都举着背影来回摇晃着。

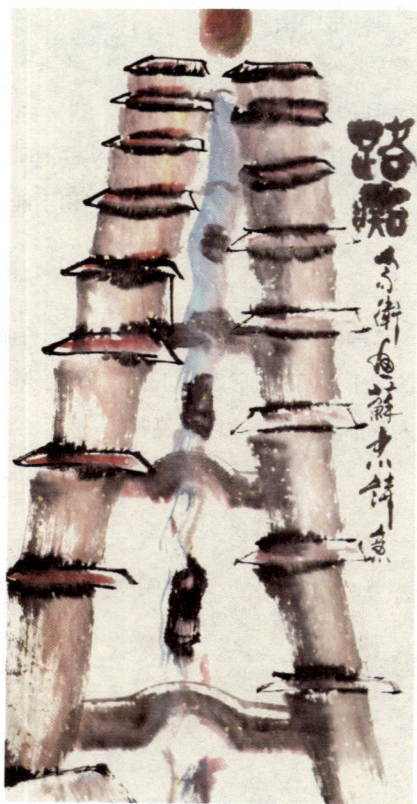

路　痴

（一）

一块石碑踩着影子张望，风吹草低其实是路在走。水有多浅就跑多欢，山的跟班从来翻云覆雨。说来大雨底下没有新鲜事，一群游客能在山中走多远呢？花伞和蘑菇其实也是峰壑的亭台。结伴旅行的人啊，也许你们花眼了，水声不是山的自言自语，松涛只是出窍的一种脚步。雨过天晴不一定披红挂彩，峰前崖后陆续有因果出世。有寺庙的崇山显得良善，有流言的溪水淹死过人。

（二）

黑夜的繁花，我看见星光叫，月上坡，人下山，一切说来话长。以为世间欢好，梦里无伤，风物自有情痴心。况人情如露水，以白当黑，万般尘事如幻，枝叶似喜乐，草杂亦同悲，执天干地支。添几笔成几分，皆为逸事哑语，脉络草灰蛇迹。烟灭如你，路过此时此刻，有我秉烛，静候星宿，埋没诸般，说是求剑，于是刻舟。月下穿白刃，记取前尘破茧，山中岁月，我负时序，你走虚空，谁与手捧？

暮色深 苏东诗

暮色深

　　黄昏，暮色薄，一群晚霞踮在树梢深处，那么远，那么高，仿佛一转身，就会看不见。而鸟鸣声，也那么稀薄，在树与树之间掠过，惊起了河水，和时光，和从前。晃动的仓皇的波纹，是一堵影影绰绰的墙。

　　微凉的叹息，在空中慢慢站起，有的向左，有的向右。

　　岸边，有一条岔道，不知通往何方。

　　与身后的路一样，都有夕光斜斜。

　　一半云中，一半水里。

虫二章

邻家有子

戏台的左侧是邻家。

邻家有子哦，在春光里，看日头不顺眼，瞧月色不上心。一阵风来，便锯日光，砍月色，没有粉屑。

街坊邻里不拿正眼，都摇着蒲扇。

嗑着瓜子般的闲事。

后来吴刚伐木，他们脸色发黄，又一阵风吹，纷纷抱头鼠窜。

戏台里的落叶如雪片，据说是幕景，观者的拍掌。

木头花

午后，空巷。

木头的凌迟，可以卷成一束束花。在火中，刨花的翻卷，看似狰狞，实则热烈。

青的烟，袅袅绕绕，像一株植物的快进。

喘息，汗水。凌迟的木头。

巷子，日头，白花花。

辑七　炉烟

黄果树的背面

黄果树的背面

在瀑布的背面看水流
一片一片水做的翅膀争先恐后
脑中想起的还是"逝者如斯夫"
不知石头上刻着的徐霞客
几百年前是否也站过这儿

轰鸣的回音大概数千年如一日
流水的形状其实除了季节差异
应该说是与时令无关
光阴于水流而言也不打紧
瀑布的一生在乎空间的两端

所以逝去的只是人的目光
一片一片的　繁复多样的
而瀑布因纯净简单而亘古如一
只有四溅的水雾略显恍惚
我必须踩实台阶看好路

慢笔

雾是青山的翅膀

雾湿了青山
都大半天了
偶尔有鸟鸣几声
一点点的　垂落在石头

石头也不见了
溅起的水草
头也不回走了
溪谷里不时有蝴蝶飞回

目光的皱褶的凉风
水波里的松涛
记忆里分不清虚虚实实
鸟鸣与鸟的互文

有时我也分辨不了
是水草的脚步停不住
还是石头与蝴蝶醒了
或者　雾是青山的翅膀

慢
笔

漫游记

车窗玻璃外　郊外公园里
一只老虎的眼神绿莹莹
望着它　我都忘了踩油门

我只是盘算着节假日踏青
老虎估计也只是猎奇
那时我们的心情说来大同小异

记得那是一只年轻的虎
眼神清亮　顽皮　无所谓
似乎是曾经年少懵懂的我

后来我终于如梦初醒
踩着油门大呼小叫
丢下满眼不解的虎　它也在喊

慢
笔

走进
武走
幽

走进或走出

入夜时分，我站在黑暗的对面
这些年林林总总的我踱在不远处
关于山脉　河溯　田野　也挂着我的衣蜕
关于阴霾　羽絮　水漂　也都有我的魂魄
谤我欺我辱我笑我轻我贱我恶我骗我的人啊

我也是你们的投影　关于命运
这些年　我知道已不再走进
只是走出　在光阴的天平上
一生的重心走过
我知道故事里惺惺相惜的理由

所以拂晓时分　公鸡打鸣时刻
我必须退回黑色旋涡的边缘
欢乐的时序啊　如果只是按部就班
请相信命运的心照不宣
阳光下的心悸总伴着阴影的汹涌

慢笔

画 / 何旻熹

转身之故

凡是说到故乡时　沉默的
或者无所谓的　都有一副游离的苍凉
说来故乡也是天涯人的隐私一种
是存于远方的存在或叹息

在我看来　故乡是一串时间的流水账
我的童年　我的少年　我的从前
我逝去的亲人　我的爱我的伤　我流不出的眼泪
在时光里灰飞烟灭　尽管有合十在黑暗中久久

但凡不死的依然是无心的名词种种
水干涸了会无求随喜　山干枯了会有人转念
也许它确是故乡　也许它也是异乡
它望着来往的行人　不言语　它转过身去

尖峰山

山中的贝壳
是沧海的胎记

散漫在田埂野径
像失去记忆的老人

记得年少时
我曾在山巅喊

那时并没有回音
才回响在今日

还有海浪一阵阵
风与松针的影子

记忆里的贝壳
它们都不在了

慢
笔

画／吴建锋

雨过洞庭

那时　已经有人开始泼墨了
万千条雨丝　有浓有淡
风也开始后退了
偌大洞庭　我也陆续撤出江山
风华时序啊　须隔在雨幕之后
从此岸或彼岸荡出的轻舟
有人无人都不重要
撑起的也不是荷叶　是雨伞
有些过往　并不足与人道
就像雨中，视野里也要添些亭台楼榭
飞鸟的翅膀倒很从容　一叶叶
匆匆的鸣叫声已飞远了
留下点点柳烟浮萍在色相里
其实人到中年　也可以弃舟上岸
而雨一直下　都用旧了

慢
笔

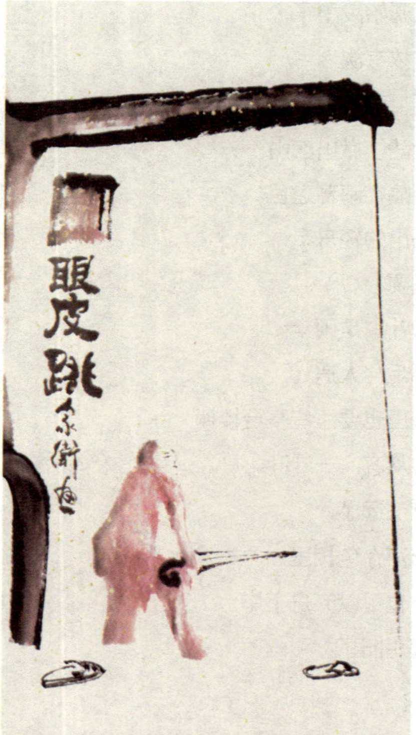
眼皮跳

眼皮跳

即将发生的事情，为什么有的眼皮会跳，有的一无所知？都是人，都是事，所谓人事，在前方里打结，吞吐着结结巴巴的话儿。此时还会有风雨雷电，或晴空万里，有云或无云，皆为格式化的幕景。

我甩开算命瞎子的手，上网查阅天气预报，却发现他们只是说，晴转多云或多云转晴，并未涉及忌乘船、忌沐浴，或是宜作灶、宜安床。

慢笔

画／何旻熹

逐山逐水，一程无心

出行之前，心思在攻略里辗转。行囊里塞满了景物，掌故，和野史。那时心已在路上，充满了陌生的恍喜，惊艳。虽然窗外光影憧憧，人还在原点，只是盼着出发。

逐山逐水，进或出，一程无心，有单据，眼耳鼻舌身意一一印证着行程详略，青山绿水都有多余翅膀可飞翔。一个人习惯了流动的感怀，疙瘩，放松，与闪回，与虚拟意境。在夜里，却把回家的念头踟蹰。

归去的车窗渐渐把目光幻解，百无聊赖地看书，刷微信，走神。似乎已回到那座城市，或上下班刷卡，或寒暄应酬中。只有翻到途中的相片时，却又陷入另一番席卷。

京城往事

（一）

鬓角的发渐渐白了下落，仙人掌的刺像街头免费针灸大夫的脸，却说不是季节的季候里，幻想不是罪恶也总归罪过，所以在二锅头的恍惚末梢，我燃起一把大火破门而入。

荧光闪闪的微信壁虎般生长，语无伦次的摆渡春潮带水，促膝交谈却在天气预报的雾霾里刹车，一把流言在高速公路上越抓越紧。也知道车轮不是年轮，也知道红绿灯前有斑马四匹可追，也知道开锁前要敲三声不管有人没人，也知道酒后三人成虎却乐在脑中观虎斗。

到点了，好了，打卡了。是上班时分，昨晚喝多了。我说，十级大风正掌掴京城，全城窗眼此刻肺叶翻飞。

（二）

删去的号码，能在酒后清晰拨出。手机接通的瞬间，不由自主又按掉。编写了几则微信，添了些图标，加了又减，减了又加，细细瞧了瞧内容，知道明天准后悔。

且喝酒，且喝酒，再斟满一杯，修修措辞，还是发了吧，明天的后悔归明天。今夜，我的思考只有一杯红酒的高度。知道明天会后悔，会脸红。但确定那只是明天，明天的脸再红，也不会比今晚的红酒红。

有人吐了口烟。

记忆金山寺

金山寺，浮在水面，白茫茫的，四周都是浪花，是过路的水漂，瞳孔中的凝视。

是乌龙江孤独的打坐。

长长的上游和下游，似鳞鳞巨蟒，匍匐不动。

我走回那年，依然涉水而过，阳光如昔，白云犹新，青草的体香在毛孔里，风吹拂着渡口榕树的须。

那年那月的金山寺刚整缮，我也刚走进城里，也年少。

也像流水突然想起了什么，在天空里哗哗地响，成了不规则的礁石。

现在的我，踩在许多年前的脚印上，金山寺也踩在水里。

湍流是新的，没有旧。脚印不是幻象，也有虚构。

就像现在，我和金山寺踏入同一条河水。

此时秋天，远山，起伏，层峦叠嶂，有不动声色的旋涡。

天空，阴历和阳历俱为深蓝。

慢笔

大樟溪边的土房子

大樟溪，拖着两岸青山，缓慢地走，像个年老的纤夫。

水边，有座土房子，有木篱笆，有矮围墙，外面是竹林，飞鸟穿梭，围墙里种满了百香果，各颜色的花儿，高高的傻傻的木瓜。边上还有个亭子，挂着蓑衣，可吃茶，聊天，听虫鸣，看湖光山色变各种脸……

青菜是自己种的，土鸡是自家养的，稻米是附近村民的，水果周边都是，喝的水和空气一般甘洌。

这些，是我想过的老去归隐的日子。

似乎凌空蹈虚的3D打印样板间。

一个下午的念叨，游走在山与水的缝隙。

古厝边，田埂上。

有旧时的驿道绵延。

还想住下，看月亮在乡间拔起的白生生的模样。

道别时，客气寒暄，没说再见，知道主人接着也要回城里。

那时，水里的夕阳把群峰摇晃，似乎有很多人在点赞。

大樟溪也跟着车子哗哗走了一阵，然后就不见了。

慢笔

门口的树

当年离开时，门口的小树和我的身高差不多，记忆很深的事。十三年后，我北漂归来，树长大了，差不多有楼房的两层半那么高。

每天清晨，我在阳台上喝咖啡，与树微笑腹语，听风把叶子哗哗摇响，不时有小鸟来去匆匆，绿荫丛中，朝阳的线条与线条之间，有窥视的小眼睛，亮闪闪的。

台风来了，据说近十年都没这么凶，街上撂倒了上万棵大大小小的树。门口的树，我都看到了，它在风中的挣扎和摇晃，疲惫的乏力的叶子。在狂风暴雨里，似乎脱水了。

它没倒下。

过了两星期，天气预报说，周末会来两个强台风。那时我出差，关好窗门就走了。

等我回家，门口的这棵树，顶部被砍了一截。据说，这是保护举措。可是，两个双台风，也没来。

邻居说，这树，这些年被砍了好几回……

金鸡山

环山木栈道是新修的，走上一圈，可将福州城俯瞰一遍，头顶脚跟都是。

无论天晴天阴，都有很多云朵，徒步的人也很多。

山里有古寺，有亭子，有名人故居，有宫庙，绿叶繁茂拥堵，坡上坡下的花朵像赶集的姑娘，都吐着新鲜空气，花也花不完。

一座彩虹桥，是新地标建筑，老远都能看到，市里的出租车司机也都知道，若雨后，是双彩虹。

书上说，山形似金鸡，故而得名，可我在山中，总是难以看到轮廓，既然古人也这么无奈。

那时已走了一个小时多，快下山时，连比带画向老人打听，原来的瀑布在哪儿？

许多年前，这里还是一座野山丘，乱草丛生。山里有个采石场，工人不少。后来被告扰民，停了。市里在石场废墟上，抹了水泥假山，做些人工雕塑和水景汀步，当时也很稀罕。不过园子很小，走不了十来分钟。

"老景点啦，在山那边！"一个男孩手指前方，朗声答道。

画 / 何旻熹

三八路

当年离开福州时，我刚刚在三八路这房子住了大半年。十三年后归来，路边的杧果树已郁郁葱葱，一整排都挂满了饱满的果。

当我再次踏进三八路的房子时，似乎从未曾离开，薄薄的一扇门，一推开就是昨日和今天。

这是我进城谋生后买的第一套房子，凑了钱，还做了十年按揭，尽管当时这里很偏僻，还是一条通往火车货运站的主干道，成天呼啸着大货车，尘土飞扬，我骑着自行车。

那些年，房价节节上升，不断有人挂长途电话问房子卖不卖。下意识的我不想动这个念头。总觉得，这座城市终究还会再来，卖了，就没关系了。

该回来的时候就回来了，说是回到故乡。

福州郊县的故乡，十三年间，奶奶和母亲先后走了。归来这半年，我只回去一次，在石头房子的庭院坐了会儿，说了些话。

因了工作关系，每隔一段时间还飞回北京一次。刚离京时，没什么感觉，仿佛是次例行出差。第二次回京又离开，在T2航站楼候机时，突然有难忍的心悸，涌上，记得我坐在靠窗的椅子上，望着黑夜一点点垂落，在雨水的反光里。

走了又回的北京，漫步在宽敞街头，似乎回福州的经历并未曾发生过，所有的日子，都躲在记忆的门后。自然，每次我都会告诉自己，这是错觉，也是幻象。

现在是这样的，在途中，在飞机上，能认真地看书，看电视，和陌生人闲扯，习惯了在机场的辗转，以及它们的各种角落，打开水处，速食店，咖啡馆……

有时，也会突然想起北京和三八路，却很少想到福州郊县的故乡。

是的，是北京和三八路，不是福州。

慢笔

画／何旻熹

北漂十三年

十三年前，东海之东，霞光满天里，刮来了一阵南风，风中隐约传闻，说是五行算来命里火大，须向北。才一眨眼工夫，几个水漂，话音就不见了。于是我放下故乡，收拾起自己，一路跋山涉水。

那么倏忽，最坚硬的骨头与最柔软的血肉，我才看见它们在时光里的彼此走近，才看到水落石出后的喉结的渴望，鬓角的白发就一路举起投降的旗帜，连回首时的惊诧都在水漂里一一走失。后来，终是打听到了，当年的那阵风，那片海，不过伸出翅膀，闪进了意念，快得连意念也察觉不了。

呵，这南风又那么的慢，当我看清风的此起彼伏，当我看清骨与肉并非分了胜负而是选了和解，不觉已漂过了十三年。杜鹃花红时节，黄昏里，我逆流而归，故乡，已无人再等候了。